Lauter Tatsachen, zu denen es zahllose Lieder gibt!

Hedwig Lipcan Saalfeld

Vorwort

Mitsänger für das Lied
> *Großer Gott wir loben dich,*
> *Herr wir preisen deine Stärke.*
> *Vor dir neigt die Erde sich*
> *und bewundert deine Werke.*
> *Wie du warst vor aller Zeit,*
> *so bleibst du in Ewigkeit.*

zu finden ist gar nicht schwer. Schwieriger wird es, wenn ich Menschen suche, die auch den Inhalt dieses wunderbaren Gesangs heute bejahen. Gerne gesungen habe ich in meinem gesamten Leben. Zum Glück boten sich mein ganzes Leben in der Familie, Chor, Gottesdienst und meinem Berufsleben (Kinderkurheim, Kindergarten, Schuldienst) Gelegenheiten zum Singen!

20 Jahre habe ich jetzt damit verbracht, darüber zu lesen, was Gott als Schöpfer und die wissenschaftlichen Äußerungen über die Theorie der Evolutionslehre unvereinbar macht. Auch für meine Schüler im Ethikunterricht konnte ich durch das erworbene Wissen über vieles Klarheit gewinnen.

In diesem Buch habe ich den Versuch unternommen einen Teil meines erworbenen Wissens so zusammenzufassen, dass er eine einfache Nutzung ermöglicht. Matthias Claudius (1740-

1815) meinte zu seiner Zeit so klar ‚ich … brauche etwas, darauf ich mich ruhen und verlassen kann; und ich habe in meinem Leben nicht klein für groß und nichts für etwas halten können.' Diese Sicherheit musste ich erst gewinnen und gerne will ich sie auch weitervermitteln.

Ganz dankbar bin ich für die Menschen, die mich für die Verwirklichung dieses Projekts ermutigt haben. Sehr nah war mir dabei meine langjährige Freundin Tine Löbert, die sich für meine Arbeit interessierte und sich immer ansprechen ließ. Sie meint wie ich, dass wir in dieser Zeit vieles gelernt haben. Auch die Ehepaare Brautmeier und Heuser ermutigten mich. Ganz viele Bemerkungen, die nebenher fielen, regten mich zu größerer Genauigkeit an. Auf die besonders informativen Beiträge von Doron Schneider aus Israel wartete ich immer mit Spannung. Biblisch und geschichtlich konnte ich immer profitieren. Mit ganz besonderem Rat und Tat (!) standen mir Ralph Schachtler (dipl. Biologe) aus unserer Gemeinde und mein Nachbar Adolf Münzer (Physiker) zur Seite. Dank auch an Paola Wosch, die meine Fotos zu einem Cover für mein fertiges Buch werden ließ.

Oktober 2022, Unterschleißheim

Hedwig Lipcan Saalfeld

Inhaltsverzeichnis

Einleitung

Mir ist es lieber, wenn ich das Lied von Jürgen Werth *Vergiss es nie, dass du lebst war keine eigene Idee und dass du atmest, kein Entschluss von dir* als Ohrwurm im Kopf habe als *Ich wollt ich wär ein Huhn*. Das passt einfach viel besser zu meinem Glauben, dass mich Gott geschaffen hat. Darum geht es nämlich in dieser Geschichte. Ich will von ganz vorne beginnen.

Eigentlich war es für mich im Jahr 1959 ein ganz normaler Schultag. Nach Religion (wie in Bayern üblich getrennt für katholische und evangelische Schüler) folgte wie an jedem der sechs Wochentage eine Stunde Latein, eine Deutschstunde und danach Mathematik. Heute kam vor den beiden Handarbeitsstunden noch Herr Modesto zum Biologieunterricht ins Klassenzimmer. Was er uns an diesem Tag erzählte, hatte ich noch nie vorher gehört!

Das Leben auf der Erde hätte vor langer Zeit in Finsternis in einer Ursuppe begonnen, in der sich durch Blitze Amöben gebildet hätten und daraus nach und nach alle Lebewesen. Das würde ja bedeuten, dass ich mich von meinem Glauben an ein sonniges Paradies verabschieden sollte? Gott sollte, zumindest als Schöpfer, abgeschafft werden? Mein Erschrecken darüber war riesengroß! Alle evangelischen Schüler hatten im Religionsunterricht den Satz aus dem zweiten Hauptstück des Kleinen Katechismus von Dr. Martin Luther gelernt: *Ich glaube, dass mich Gott geschaffen hat samt allen Kreaturen…* ! Nun sollte ich annehmen, dass wir uns entwickelt hatten, aus Amöben? Sehr ermutigend war zum Glück die Beendung der Schulstunde: Der Wissenschaft würden für diese Aussage noch etwas Wichtiges fehlen, nämlich die Beweise. Die Verbindungen zwischen den Arten wären noch nicht gefunden, wofür der Begriff ‚the missing links' (die fehlenden Bindeglieder) stehen würde.

Ich war über das Ursuppenangebot mit den von Blitzen erhellten Amöben sehr empört. Wer kannte denn Amöben und was sollte ich mit ihnen zu tun haben? Wie erstaunt war ich, dass weder meine Mutter noch mein Bruder Heinrich meine Empörung teilten. Sie kannten diese Geschichte schon! Und nicht nur sie sahen sie als Tatsache an, die eben wissenschaftlich war und der man sich deshalb zu ergeben hatte. Das biblische Zitat meines Vaters vor jeder Predigt lautete aber immer: „Dein Wort ist Wahrheit", wie es im Evangelium von Johannes im 17. Kapitel im 17. Vers geschrieben steht. Die Beunruhigung über diese hässlich finstere Ursuppe legte sich bei dem Gedanken, dass der Weg für eine spätere Klärung ja offen blieb.

Ich war zwölf Jahre alt, als ich den festen Entschluss fasste, dieser Unterweisung einmal auf den Grund zu gehen. Da die Beweise jetzt noch fehlten, musste ich über diesem Thema einfach Zeit verstreichen lassen, bis die Wissenschaft fündig geworden wäre und die notwendigen Belege für diese These vorgelegt hätte oder eben nicht. Noch gab es keinen Grund, meinen bestehenden Glauben an Gott als den Schöpfer aufzugeben und meine Abstammung von Adam und Eva durch Abkömmlinge von Amöben zu ersetzen. Mir war auch nicht klar, wieso Gott und die Bibel Gegnerschaft zur Wissenschaft bedeuten sollte? Klar war allerdings, dass es nur eine richtige Antwort geben konnte: Eine beleuchtete intakte Schöpfung durch Gott oder genau umgekehrt eine finstere allmähliche Intakt-Werdung durch zufällige Evolution.

In jedem persönlichen Gespräch traf ich mehr Menschen, die von der Evolution als Tatsache überzeugt sind, denn sie sprechen nur von langen Zeiträumen und zufälliger Mutation und Selektion als Ursache für die Erde und das Leben auf ihr. Ebenso wird in Schulbüchern, Kinderlexika, im Museum *Mensch und Natur* und Kommentaren in den Medien diese Ansicht gelehrt. Es verstrichen in meinem Leben Jahrzehnte, bevor ich mich auf die Suche nach Erklärungen für eine Schöpfung begab, die durch nichts mehr in Frage zu stellen sind.

Motiviert war ich immer noch durch die abschließenden Worte des Herrn Modesto über die fehlenden Beweise und die Zusicherung Jesus, dass das Wort Gottes Wahrheit ist. Obwohl die Gegner meines Glaubens wirklich beeindruckend selbstsicher und erstaunlich abschätzig sind, fand ich nur wissenschaftliche Erkenntnisse, die Gott als Schöpfer bestätigen! Die Suche war für mich sehr spannend.

1. Das Planetensystem

Der Tag, an dem mein Leben auf dieser Erde anfing, gibt mir jährlich Anlass zum Feiern, aber er dient mir auch als Denkanstoß. Als ich noch ein kleines Mädchen war, begannen die Glückwünsche mit dem Lied *Lobe den Herren, den mächtigen König der Ehren, meine geliebte Seele, das ist mein Begehren. Kommet zuhauf, Psalter und Harfe, wacht auf, lasset den Lobgesang hören.* Mehrere Strophen wurden gesungen. Angestimmt wurde der Gesang von meinen Eltern und den vier größeren Geschwistern. Ich liebte diese Melodie mit dem so feierlichen Text. Auch meinem ältesten Bruder Klaus wurde gratuliert, da er am gleichen Tag geboren war. Doch er war und blieb immer zwölf Jahre älter als ich. Das Lied und der Kuchen galten sogar noch meinem Bruder Heinrich, der drei Jahre vor mir, aber eigentlich erst drei Tage nach unserem Geburtstag auf die Welt gekommen war. Neben der besonderen Beachtung dieses Tages durch die Familie bemerkte ich, dass es immer spät hell und früh dunkel wurde. Und bald danach kam Weihnachten.

Während ich mich, die Menschen um mich und die Umstände sich in jedem Jahr verändert hatten, blieb der Termin in dieser dunklen Jahreszeit immer gleich. Wieso war das so? Gut, dass ich wusste, *wer* dafür zuständig war. Denn in der Schule, im Kindergottesdienst und daheim sangen wir ja oft morgens gemeinsam das Lied *Gott des Himmels und der Erden, Vater, Sohn und Heilger Geist, der es Tag und Nacht lässt werden, Sonn und Mond uns scheinen heißt, dessen starke Hand die Welt und was drinnen ist erhält.* Der Königsberger Domkantor Heinrich Albert hat 1642 seinen Glauben mit diesem Lied musikalisch so überzeugend und eingängig kundgetan, dass diese gesungene Botschaft auch noch in mein Leben wirkte.

Mit Hilfe eines wundersamen, knarzend bewegten Modells über unseren Köpfen, mit Licht und verschiedenen Bällen an Schnüren, wollte man uns in der ersten oder zweiten Klasse beibringen, wieso es Tages- und Jahreszeiten gibt. Eine der Kugeln - nicht einmal die größte – sei unsere Erde, die sich täglich um sich selbst dreht und in einem Jahr um die Sonne wandert. Stellt sich mir heute hauptsächlich die Frage, wer sich diese Mühe für uns gemacht hat und wie diese Präsentation zu realisieren war, so erschien mir damals die Geschichte von einem Erdball unvorstellbar. Da würde man doch runter fallen, oder? Als ich abends im Bett lag, natürlich deutlich bemerkbar oben auf der Welt, sollte ich es für möglich halten, dass auf der unteren Seite ein anderes Kind nicht aus dem Bett fiel? Verstehen konnte ich das mit dem oben und unten überhaupt nicht, denn ein Blick auf den Globus im Studierzimmer meines Vaters half dabei ja auch nicht weiter. Aber ich musste mich wohl oder übel langsam mit dem Gedanken anfreunden, dass ich auf einer runden Erde lebte, so wie man uns das mit dem Modell gezeigt hatte. Unbegreiflicher Weise, aber zum Glück, fiel niemand irgendwo davon herunter.

Auch habe ich gelernt, dass alle Bälle ein ganzes System von Planeten bedeuten sollten, die um unsere Sonne unterwegs sind. Es ist doch aber auch wirklich zu erstaunlich, dass alle, auch die Sonne und der Mond, nirgends angebunden sind, sondern frei durch den Weltraum schweben! Jeder Planet folgt dabei seiner eigenen, gleichbleibenden Bahn, wie es uns im Atlas als graphische Zeichnung gezeigt werden kann. Alles läuft vorhersehbar ab und kann genau berechnet werden. Fotos gab es damals weder von unserer Erde noch den Planeten mit ihren markanten Unterschieden und am Nachthimmel waren sie für mich unter den Sternen nicht zu identifizieren. Den Name *Venus* erwähnte meine Mutter allerdings, wenn sie mich auf den Morgen- oder Abendstern hinwies. Das Erlernen der Namen der verschiedenen Planeten war ganz leicht durch einen Spruch, den eine Freundin von ihrem Opa kannte: „**M**(erkur)ein **V**(enus)ater **e**(rde)rklärt **m**(ars)ir **j**(upiter)eden **S**(aturn)amstag **u**(ranus)nsere **n**(eptun)eun **P**(luto)laneten". Obwohl Pluto heute nicht mehr mitgerechnet wird, ist mir damit der zunehmende Abstand der Planeten von der Sonne vertraut. Ich verstehe dadurch, dass man sich für Merkur und Venus nicht sehr interessiert, weil es dort für jede Lebensform zu heiß ist. Ich registriere, dass die Erde den idealen Abstand zur Sonne hat, es auf dem Mars bedeutend kälter ist und die anderen nur Gasplaneten sind. Alle Planeten drehen sich in unterschiedlicher Geschwindigkeit in der gleichen Richtung um sich selbst, nur Venus entgegengesetzt, was ich mir leicht ohne Denkhilfe merken kann.

Durch den deutschen Johannes Kepler (1571-1630) war die *Herrlichkeit* der Vorgänge in unserem Sonnensystem *geoffenbart* worden. Die Worte *Herrlichkeit* und *offenbaren* benützte er bei der Bekanntgabe seines Wissens. Ihn hatte nämlich sein Blick als Astronom in den Weltraum und die Erkenntnis, die er daraus gewonnen hatte, dazu geführt, dass er 1619 (23 Jahre bevor der Domkantor Albert sein oben genanntes Lied schrieb) seine wissenschaftliche Arbeit über das dritte Gesetz der Planetenbewegung mit einem Gebet beendete. Demütig dankte er dem Schöpfer, Gott, weil er ihm Freude gegeben hat an dem, was Er gemacht hat und er frohlockte über die Werke Seiner Hände. So las ich es auf der letzten Seite in Pailers Buch *Faszination Weltraum*.

So lang hat es gedauert, bis Menschen herausgefunden hatten, wie das mit dem Abend - und Morgenwerden und den Jahreszeiten himmlisch geregelt ist? Da wundert es mich nicht, dass für mein Verständnis erst die Erläuterungen der Astronomen notwendig waren. Ein ganzes Planetensystem musste erschaffen werden, damit wir es erleben und singen können: „...der es Tag und Nacht

8

lässt werden, Sonn und Mond uns scheinen heißt." Und wie präzise darin alles funktioniert! Wann die Sonne auf- und untergeht, lese ich im Kalender, jede Mond- und Sonnenfinsternis wird uns genau vorhergesagt. Wie logisch ist es für mich, dass es für diese Ereignisse tatsächlich nur eine Erklärung geben kann: „Dessen starke Hand die Welt und was drinnen ist erhält."

Der Mensch ist es nicht, der auf die Steuerung dieses gesamten Flugunternehmens Einfluss ausüben kann. Ihm gelingen keine Erfindungen, die sich ohne Unterbrechung gleichmäßig weiter bewegen. Immer wieder muss jeder Maschine - uns selbst ja auch - neue Energie zugeführt werden. Aber wir erleben täglich Abend und Morgen (nicht nur ich weiß es heute ganz sicher: durch die Umdrehung der Erde) und auch den Wandel der Jahreszeiten, der uns immer wieder auf die Wanderung der Erde um die Sonne hinweist. Und so lange ich hier in Bayern bin, wird es deshalb an meinem Geburtstag immer spät hell und früh dunkel, nur in Südafrika erlebte ich es anders. Aber Weihnachten kam auch dort bald danach.

Konnte ich früh die Antwort finden, *wer* in meiner begrenzten Lebenszeit für eine unveränderliche Weltordnung zuständig war, so benötigte ich das erworbene Wissen von

Astronomen, um auch das *wie* zu verstehen. Werfe ich einen Blick in den Schöpfungsbericht am Anfang der Bibel, dann sehe ich, dass unser Planetensystems seit dem vierten Schöpfungstag existiert. Gott benennt darin sein Tun und bietet dem Menschen die Erforschbarkeit seines Tuns an – was in diesem Fall schon seit mehreren hundert Jahren durch die Wissenschaft geschehen ist.

<u>Aha, ich verstehe</u>: Das erforschte Planetensystem erklärt uns wissenschaftlich, was Gott am vierten Schöpfungstag eingerichtet hat! Und wir erleben diese andauernde Demonstration göttlicher Kraft täglich neu. Kepler frohlockte über Gottes Werk. Ich liebe es, diese Erkenntnis nun auch voller Dankbarkeit zu besitzen.

Schon vor tausenden Jahren wurde im 16. Vers des 74. Psalm niedergeschrieben

Tag und Nacht sind dein; du machst, dass Sonne und Gestirn ihren gewissen Lauf haben

und im 19. Vers des 104. Psalm

Du hast den Mond gemacht, das Jahr danach zu teilen; die Sonne weiß ihren Niedergang.

Ich will unbedingt dazugehören beim Lobgesang darüber mit dem Lied:

Dass du mich einstimmen lässt in deinen Jubel, o Herr, deiner Engel und himmlischer Heere, das erhebt meine Seele zu dir, o mein Gott; Lob sei dir, großer König, und Ehre (Kommunität Gnadenthal).

2. Der Schutzraum Erde

Der Physiker und Astronom Dr. Norbert Pailer widmete das Buch *Im Zeichen der Schöpfung* seiner Frau zur Silberhochzeit, weil er mit ihr schon 25 mal gemeinsam auf dem Raumschiff Erde die Sonne umrundet hat. Unsere Erde kann als einziger unter den Planeten auch zugleich die außergewöhnliche Bezeichnung ‚Raumschiff‘ führen? Wir kennen den Begriff ‚Raumschiff‘ für Fluggeräte, die von Menschen hergestellt werden, damit Astronauten unseren Heimatplaneten verlassen können. Um darin zu überleben, müssen sie gegen den lebensfeindlichen Weltraum von außen geschützt sein und mit Essen, Trinken, Atemluft und Treibstoff versorgt sein. Nur so ist es möglich den Planeten Erde außerhalb seiner Atmosphäre auf seiner elliptischen Bahn um die Sonne zu begleiten. Solche Unternehmungen führen uns klar vor Augen, dass dafür unendlich viel von vielen klugen Leuten bedacht und hergestellt werden musste. Doch in solchen Raumschiffen wird geschwebt, weil Menschen nur in ihrem speziell für sie vorbereiteten Schutzraum, auf der Erde, durch die Schwerkraft sich wie gewohnt bewegen können. Selbst die Atmosphäre, alle Tiere und Pflanzen sind genau auf diese Kraft abgestimmt. Und Schwerkraft kann nicht von Menschen eingepackt und mitgenommen werden!

Vom Anblick der Sonne an einem blauen Himmel müssen sich die Insassen vor dem Flug in ihrem kleinen Raumschiff ebenso verabschieden. Denn so sieht nur für uns unsere Außenbordwand an einem wolkenlosen Tag aus. Dafür können Astronauten aber den Anblick der herrlichen Erde von oben genießen und uns durch Fotografien auch daran teilnehmen lassen. Heute ist es auch leicht sich über die durchsichtige Gasmischung zu informieren, aus der die schützende Außenhülle unseres Flugobjektes gegen den Weltraum zusammengesetzt ist.

Im Schöpfungsbericht können wir erfahren, dass der Schutzraum unserer Erde durch die Scheidung der Wasser am zweiten Tag geschaffen wurde. Was da entstanden ist, verstehe ich erst jetzt durch dieses Bild des Raumschiffes. Früher endeten meine Gedanken wohl schon fast an der Wolkendecke. Die biblische Erklärung lautet, dass Gott das Wasser unterhalb der Wölbung von dem Wasser oberhalb der Wölbung schied, wodurch unsere Atmosphäre entstanden ist. Unter dieser überhaupt nicht beengenden Kuppel findet unser Wetter statt, in all seinen Varianten, die wir von herrlich bis erschreckend erleben. Heute weiß man, dass die Schichtdicke um die Erde, in der unser Wetter entsteht, etwa 10 Kilometer beträgt. Doch noch weitere 70 Kilometer Atmosphäre umhüllen uns zu unserem Schutz. Durch die unsichtbare Schwerkraft werden diese ebenfalls unsichtbaren Gase festgehalten.

<u>Aha, ich verstehe</u>: Die erforschte Atmosphäre erklärt uns wissenschaftlich, was Gott am zweiten Schöpfungstag getan hat! Ich liebe es zu wissen, dass jeder Mensch sein Leben lang in den Genuss dieses Schutzes kommt.

Unser Raumschiff Erde ist dieser einzige Ort im Universum, der mit Leben erfüllt ist. Wissenschaftlich ist seit Louis Pasteur (1822 – 1895) gesichert, dass Leben nur aus Leben entsteht. Wir alle belegen es mit unserem Leben, da bei jedem von uns Eltern für unsere Existenz zuständig waren. Aber auch jede keimfrei verschlossene Konservendose beweist die Richtigkeit dieser Tatsache, da sich immer wieder zeigt, dass sich unter solchen Umständen eben kein Leben bilden kann. Pflanzen, Tiere und Menschen existieren hier zusammen, erfüllen die Luft, die Gewässer und das Erdreich. Dass unsere blühenden Obstbäume in einer kurzen Zeitspanne von Bienen oder anderen Insekten bestäubt werden müssen um Frucht zu bringen, weiß wohl schon jedes Schulkind. Doch werden immer mehr solcher Abhängigkeiten erkannt. Wissenschaftler weisen uns darauf hin, wie komplex und perfekt alle Bedingungen auf unserem Planeten für das Leben bedacht, vorbereitet und erfüllt sind. Wie viel Schönheit erfreut nicht nur im Frühling meine Augen. Spannende und begeisternde Dokumentationen zeigen uns das vielfältige, erstaunliche, überraschende Leben auf der Erde!

<u>Aha, ich verstehe</u>: Das erforschte Leben der gesamten Welt der Pflanzen erklärt uns wissenschaftlich das Tun Gottes am dritten Schöpfungstag! Das erforschte Leben der Meeresbewohner und flugfähigen Tiere führt uns das Tun Gottes am fünften Schöpfungstag vor Augen! Das erforschte Leben der Landtiere und Menschen fordert uns zum Staunen über das Tun Gottes am sechsten Schöpfungstag auf! Die außergewöhnliche Besonderheit der Erde zeigt uns Gottes Kraft und Herrlichkeit. Ich liebe es, diese Erkenntnis nun voll Dankbarkeit zu besitzen!

Es verwundert nicht, dass man sich mit dem Gesang „Du großer Gott, wenn ich die Welt betrachte, die Du geschaffen durch Dein Allmachtswort… dann jauchzt mein Herz dir großer Herrscher zu. Wie groß bist du!...", mit vielen Christen auf der ganzen Welt verbunden fühlen kann. Der schwedische Dichter Carl Boberg (1859 - 1940) schrieb den Text des Liedes zu einer schwedischen Melodie, aber neben schwedisch und deutsch kann man auch englisch oder russisch einstimmen.

Wie deutlich ist zu erkennen, wie die Bibel mit der Welt übereinstimmt, auf der ich lebe, genau wie es auch im 2. Vers von Psalm 19 geschrieben steht:

Die Himmel erzählen die Ehre Gottes, und die Feste verkündigt seiner Hände Werk.

Wie oft wurde schon von unzähligen Chören Beethovens Melodie mit dem Text von Johann Fürchtegott Gellert gesungen oder auch nur von Zuhörern vernommen:

Die Himmel rühmen des Ewigen Ehre.

Heute bin ich mir dessen bewusst, dass ich mich an jedem Geburtstag wieder einmal – ohne mein Zutun - abgeschirmt und versorgt an dem gleichen Punkt auf der Umlaufbahn während meiner fortwährenden Reise um die Sonne befinde. Dabei habe ich auf dem Raumschiff Erde jährlich 940 Millionen Kilometer durch den lebensfeindlichen Weltraum zurückgelegt.

Dass du mich einstimmen lässt in deinen Jubel, o Herr, deiner Engel...

3. Das Universum

Nun richte ich meinen Blick in den Nachthimmel, der sich vom begrenzten Himmel am Tag deutlich unterscheidet. Hebräisch existiert der Begriff Himmel nur in der Mehrzahl. Hier passt nun gleich wieder der 2. Vers von Psalm 19, dass:

Die Himmel die Ehre Gottes erzählen…

Im Superrätsel der HÖRZU Nr. 38/2022 sucht man den Begriff *Weltall* mit dieser überzeugenden Formulierung: *Wir kennen dessen Grenzen nicht, die es vielleicht gar nicht gibt*! Und der Blick in das Universum eröffnet uns eben diese völlig andere Dimension, als es unsere irdische ist. Sie hat nichts mit unserer Begrenztheit zu tun, von der wir am Tag umgeben sind. Denn nachts zeigt sich unseren Augen eine göttliche, grenzenlose Unendlichkeit. Ebenso wie die Vorbereitung der unter Wasser stehenden Erde geschah die Erschaffung dieses Universums vor den sechs Tagen, in denen uns unser Lebensraum in unserer Galaxie zugewiesen wurde. Die ersten Worte der Bibel lauten nämlich:

Am Anfang schuf Gott Himmel und Erde. Und die Erde war wüst und leer, und es war finster auf der Tiefe; und der Geist Gottes schwebte auf dem Wasser.

Die Astronomen sind die Wissenschaftler, die sich mit der Erkundung des Kosmos befassen. Sie nehmen durch den Blick in diesen weiten Raum an, dass sich dort 100 Millionen unterschiedliche Galaxien befinden. Diese Annahme wird ihnen durch aufwendig konstruierte Teleskope ermöglicht. Unser Planetensystem, und wir mit ihm, befindet sich auf dem äußeren von den zwei Spiralarmen unserer Galaxie. Die Leuchtkraft dieser Galaxie ist für uns heller wahrnehmbar, weshalb sie den Namen *Milchstraße* trägt. In einer Nacht ohne Wolken sehen wir Sterne, die für uns in angeordneten, mit Namen versehenen Bildern in diesem unendlichen Universum zu erkennen sind. Die Sterne sollten nachts als Zeichen von der Erde aus dienen, Seefahrern gaben sie Orientierung. Die Sternbilder des Orion, des Siebengestirns (Plejaden) und des großen Wagens sind nicht nur mir bekannt, sie werden schon bei Hiob (Hiob 9, 9), der vor Mose lebte, in der Bibel erwähnt. Dass darin diese zahllosen unterschiedlichen und wunderbaren

Galaxien verborgen sind, können auch wir heute durch herrliche Fotografien wissen, die das Weltraumteleskop Hubble möglich machte. Erstaunlich, was uns durch die Astronomie alles gezeigt wird!

Durch die Raumsonde *Voyager1* werden wir außerdem über die Reichweite eines technischen Geräts in unserer Heimatgalaxie informiert. Diese Sonde wurde 1977 von hier abgeschickt. Sie passierte in unserem Sonnensystem die Gasplaneten Jupiter und Saturn, sandte Bilder von ihnen und nach dreizehn Jahren, 1990, schickte sie ein Foto unserer Erde aus 6,4 Milliarden Kilometern Entfernung. Selbst in diesem Abstand ist sie auf diesem Bild noch als etwas Besonderes zu erkennen, als auffallend leuchtender hellblauer Punkt, „the pale blue dot". Das Fluggerät verließ dann unser Planetensystem und ist nun zu unserem nächsten Stern *Proxima Centauri* (leuchtend wie unsere Sonne) in unserer Galaxie unterwegs, den es nach einer Strecke von 4,2 Lichtjahren in 40 Tausend Jahren erreichen soll, wenn der ganze leere Raum bis dort hin durchquert sein wird. Doch schon jetzt leben nicht mehr alle Initiatoren dieser Weltraumexpedition! *Voyager1* führt an Bord Musik und in vielen Sprachen Grüße an die Außerirdischen. Diese Postsendung wirkt auf mich ziemlich unsinnig. In unserer Reichweite existiert keine Spur von Außerirdischen und entdeckte Planeten befinden sich viel zu weit von uns weg. Wie und wann sollen denn Außerirdische je von jemandem erreicht werden können oder uns erreichen, eine Kommunikation möglich sein? Diese Möglichkeit kann gern dem Bereich der Sciencefiction zugeordnet werden.

Interessanter sind da schon bekannte Fakten. Bei der Beschreibung des Kosmos werden wir mit Zahlen konfrontiert, die unsere Vorstellungskraft wirklich sehr herausfordern oder einfach überfordern. Hören wir Astronomen von Lichtjahren sprechen, dann sollten wir bei einem Lichtjahr an fast 10 Billionen Kilometer denken! Ich musste erst mal nachsehen, dass dies eine Zahl mit 13 Nullen ist! Wie spannend ist es, wenn in dem Buch von Norbert Pailer *Faszination Weltraum* auf der Doppelseite 102/103 eine Karte der Kosmosstruktur (A new map of the universe) zu sehen ist, wie sie durch Alan Dyer 1993 dargestellt wurde. Überraschend war es für die Astronomen, als sie darauf erkannten, dass Speichen wie bei einem Rad von unserer Galaxie ausgingen, die als Mittelpunkt angenommen worden war. In der Fachliteratur gaben sie diesen Speichen den Namen *Finger Gottes*.

Auch lese ich bei Pailer auf dieser Seite, dass Astronomen 1989 dreidimensional eine gewaltige Wand darstellten, die aus 15 000 von den angenommenen 100 Millionen Galaxien besteht, genannt *die Große Mauer*. Sie ist etwa 500 Millionen Lichtjahre lang, rund 200 Millionen Lichtjahre hoch und nur 15 Millionen Lichtjahre dick. Aber man weiß inzwischen auch von einem Leerraum im Sternbild des Bärenhüters, der 100 Millionen Lichtjahre misst. Unsere Galaxie, die Milchstraße, ist dagegen nur 170 Tausend bis 200 Tausend Lichtjahre ausgedehnt.

In dem Lied *Weißt du wieviel Sternlein stehen* von Wilhelm Hey (1789 – 1854) besingen wir, dass Gott ihre Zahl kennt, so wie es auch im vierten Vers des 147. Psalm zu lesen ist, dass Gott die Sterne zählt und sie sogar mit Namen nennt. In dem Lied *Himmelsau, licht und blau* wird seit 1766 gesungen, dass Gott von uns ohne Zahl zu loben ist, so häufig, wie es die Menge der Sterne ist. Ein Rat, der demütigen Menschen vor dieser Demonstration von Gottes Größe ganz leicht wird, denn als gläubiger Christ weiß man auch, dass uns dafür in der Ewigkeit noch genügend Zeit bleiben wird. Bei Jesaja 40, Vers 26 liest sich das so:

Hebet eure Augen in die Höhe und sehet! Wer hat solche Dinge geschaffen und führt ihr Heer bei der Zahl heraus? Er ruft sie alle mit Namen; sein Vermögen und seine starke Kraft ist so groß, dass es nicht an einem fehlen kann.

Erst am ersten Tag der sechs Schöpfungstage schuf Gott das Licht durch sein gesprochenes Wort. Obwohl unser Universum unendlich groß ist, ist auch das Licht sehr ferner Galaxien von der Erde aus mit den entsprechenden Geräten zu sehen. Da die Geschwindigkeit des Lichts physikalisch messbar ist, kommen die Astrophysiker wegen der enormen Entfernungen zu den Galaxien durch entsprechende Berechnungen auf lange Zeiträume, die der Lichtschein nach seinem ‚Anschalten' auf seinem Weg bis zu uns benötigt hätte. Die physikalische Erkenntnis über die Lichtgeschwindigkeit wird benützt, um Zeitangaben über die Entstehung des Weltraums als gesicherte wissenschaftliche Begründung zu vermitteln. Der Begriff ‚Urknall' fiel allerdings erst 1949 bei einem Interview durch den Kosmologen Fred Hoyle, mit dem der Beginn unseres gesamten Universums inzwischen auf eine Zeit vor 14 Milliarden Jahren ausgedehnt und den Menschen gelehrt wird. Da der Begriff *Jahr* für uns klar durch die Wanderung der Erde um die Sonne definiert ist, fehlt diesen Milliarden ab dem Knall diese Verbindung. Diese Angaben passen auch nicht zu der messbaren allmählichen Öffnung der Spiralarme vieler Galaxien und der ebenso messbaren Abnahme der Sonnenenergie. Es ist mir nicht vermittelbar, wie durch eine Explosion, den Urknall, diese Strukturen und unterschiedlichen Galaxien entstanden sein sollen (sich gebildet, entwickelt haben?), wobei eine von ihnen, unsere Milchstraße, sogar ein präzise funktionierendes Planetensystem enthält mit einem Ort für Leben?

Mir fällt es nicht schwer, das unendliche Universum als den Hinweis anzunehmen, mit dem uns Gott seine Größe veranschaulichen wollte, um uns den Unterschied in der Relation zwischen Ihm und unserer Lebenswelt zu verdeutlichen. Dafür war es allerdings von Anfang notwendig, dass das Licht aus den Tiefen des Alls von der Erde aus für die Menschen sichtbar war.

Im unbegrenzten All ist uns Menschen mit unserer begrenzten Lebenszeit eben nur ein begrenzter Lebensraum auf der Erde reserviert. Noch geht die geordnete Reise auf ihr durch den Weltraum problemlos beständig weiter. Die Raumfahrt, die von Menschen in Gang gesetzt wurde, macht es überdeutlich, dass ihre Ausflüge sehr wohl problematisch sind und nur in sehr begrenztem Ausmaß möglich sind. Nur in der Welt der Sciencefiction gelingt es den Weltraum durch die Kraft der Fantasie in größerem Rahmen zu beleben. Gefilmt und produziert werden muss aber auf der Erde, da nur hier die Bedingungen für die gewohnten und gezeigten Bewegungen bestehen, wie sie für uns hier so selbstverständlich sind. Im Weltraum fehlt es nämlich schon allein durch die fehlende Schwerkraft total an der Harmonie mit unserer Umgebung, wie wir sie hier auf der Erde gewohnt sind. Jeremia schreibt im 31. Kapitel, Vers 37:

So spricht der Herr: Nur wenn die Himmel droben abgemessen und unten die Grundfesten der Erde erforscht werden könnten, dann könnte auch ich die ganze Nachkommenschaft Israels verwerfen für all das, was sie getan haben - Spruch des Herrn (Einheitsübersetzung).

Lange vor der Geburt Jesus hat Gott bereits durch den Propheten Jeremia (seine Aufzeichnungen fallen in die Zeit zwischen 628 bis 575 v. Chr.) schriftlich mitteilen lassen, dass der Mensch bei seinen Forschungen im Weltall an unüberwindliche Grenzen stoßen wird.

<u>Aha, ich verstehe</u>: Das unermessliche Universum zeigt uns die Größenordnung, in der Gott wirksam ist, da es durch Licht und wunderbare technische Weltraumteleskope für uns sichtbar gemacht wurde.

Gleichzeitig demonstriert es die begrenzte Wirksamkeit des Menschen in diesem Raum, der für ihn unermesslich bleibt. Ich liebe es, diese Erkenntnis nun voll Dankbarkeit zu besitzen!

Setzt es uns auch in Erstaunen, dass die begrenzte Möglichkeit, den Weltraum zu erforschen mit dem Bestehen Israels in Zusammenhang steht?

Ich war 1948 schon geboren, als der jüdische Staat als dramatisches, sichtbares Zeichen für die ganze Welt an einem Tag wieder geboren wurde (Jesaja 66 Vers 8 sagt dieses Geschehen als Einmaligkeit voraus). Von 70 n. Chr. bis zum 14. Mai 1948 gab es diesen Staat nicht mehr, aber das jüdische Volk existierte verstreut an vielen Orten der Erde weiter. Lange war mir gar nicht bewusst, *wie* einmalig das Wunder war, das sich da sichtbar auf der Weltbühne vollzogen hat. Übrigens existiert auch nichts Vergleichbares mit der Tatsache, dass es gelungen ist die alte hebräische Sprache zu einer modernen Sprache wiederzubeleben. Mit Latein und dem im humanistischen Gymnasium gelehrten Griechisch kommt man dagegen in Italien oder Griechenland heute nicht mehr sehr weit.

Israel hat Bestand und die Grenzen des Weltraums sind uns Menschen nicht bekannt. Das ist uns bekannt.

Dass du mich einstimmen lässt in deinen Jubel, o Herr, deiner Engel...

4. Die Atome

Haben uns Wissenschaftler erklärt wie unser Planetensystem funktioniert, wieso wir unbeschadet durch den lebensfeindlichen Weltraum um die Sonne unterwegs sein können, wie unvorstellbar riesig das Universum ist und wir trotzdem die Vorstellung von verschiedenen Galaxien haben können, so öffnen uns andere Wissenschaftler, die Physiker, noch eine Welt, die auch erst durch sie entdeckt wurde. Ihnen zeigt sich in jedem Atom eine Kraft, welche die Atomteilchen beständig in Bewegung hält und sie zum winzigsten System des Universums zusammenhält. Der amerikanische Physiker Richard Feynman drückte es in einem Satz so aus: *Alle Dinge bestehen aus Atomen, kleinen Teilchen, die sich ewig bewegen, einander anziehen, wenn sie etwas Abstand haben, jedoch abstoßen, wenn sie gegeneinander gedrückt werden.* Wir können zwar nicht sehen, wie sich die Atome zu Molekülen und zur Materie verbinden, aber wir atmen und trinken sie, wir stehen auf ihnen und bestehen aus ihnen! Und sie sind der Grund und die Erklärung dafür, dass die Luft um uns mit Musik, Nachrichten, Telefonaten und Bildern erfüllt sein kann, die wir mit der Verwendung der richtigen Geräte wieder sichtbar und hörbar machen können.

Allgemein spricht man allerdings mehr von der Atomkraft in den Kernkraftwerken, die durch Menschen benutzbar und bedrohlich wurde und uns in dieser Anwendung Angst macht. Wie faszinierend aber diese *ewige Bewegung* der Atome für die Physiker ist, zeigt sich in besonderer Weise in dem unterirdischen CERN in der Schweiz, wo man durch ihre Zertrümmerung hofft, ihre Entstehung zu enträtseln, ihre Kraftquelle zu entdecken. Dabei tut sich ihnen eine innewohnende Wunderwelt auf. In einer Präsentation im Internet sah ich mir die Darstellung an, wie einer Fliege ein Molekül entnommen und in seine Atome zerlegt wird. Aus dem Atom gelingt es den Physikern einen Atomkern zu isolieren, so dass sie Protonen und Neutronen darin finden und darin die sechs verschiedenen Quarks entdecken konnten. Aber woher die Elementarteilchen, zu denen wohl auch noch die Higgs-(Gottes)teilchen zu rechnen sind, die Energie für ihre Tätigkeit bekommen, entzieht sich weiter ihrer Erkenntnis. Albert Einstein (1879 - 1955) hatte sich dazu so geäußert: *Mein Glaube besteht in der demütigen Anbetung Gottes, der sich selbst in den kleinsten Einzelheiten der Materie offenbart.* Der Physiker Max Planck (1858–1947; Nobelpreisträger und Begründer der Quantentheorie) konnte im Bestehen der Materie durch die Kraft der Atome den wirksamen Geist Gottes erkennen, denn er sah, dass nicht einmal ein einziges Atom ohne eine intelligente Macht bestehen kann!

Wie nah sind jedem von uns in unserem Leben Kraft und Herrlichkeit, wie sie im Großen und Kleinen entdeckt und bekannt gemacht wurden!

<u>Aha, ich verstehe</u>: Die erforschten Atome zeigen uns das Tun Gottes in der gesamten Schöpfung und demonstrieren seine Kraft und Herrlichkeit! Ich liebe es, diese Erkenntnis voll Dankbarkeit zu besitzen!

Davon heißt uns Jesus schon vor 2000 Jahren im Vaterunser zu beten:

...denn Dein ist das Reich und die Kraft und die Herrlichkeit in Ewigkeit. Amen (Matthäus 6 Vers 13, allerdings steht dieser Satz so nur in der Lutherbibel, abgeleitet aus 1. Chron. 29,11-13)!

Dass du mich einstimmen lässt in deinen Jubel, o Herr, deiner Engel...

5. Gott spricht – Menschen erlernen auch das Sprechen

Ein Blick auf die erste Seite der Bibel genügt, um zu wissen, dass Gottes Sprache sehr bedeutsam ist. Mit seinen ersten Worten zeigt Gott, dass seinem Geist schöpferische Kräfte entspringen, die sogar sichtbare Gestalt annehmen können. Er lässt uns wissen, dass er sich auch mit uns Menschen verständigen will und gibt uns durch seine Worte Informationen über sein Wesen, seine Gedanken und Pläne, die wir nur durch ihn selbst erfahren können. Wir Menschen stellen auch untereinander mit Sprache Verbindungen her. Auch wir teilen dabei etwas von unseren Gefühlen, Wünschen und Gedanken mit. Im Lauf unseres Lebens wird uns hoffentlich die Tatsache bewusst, dass unsere Worte Macht zum Guten und zum Bösen besitzen, auch wir etwas bewirken: Wir trösten, heilen, zeigen Verständnis, erheitern, betrüben, verletzen, ermutigen, entmutigen oder schüchtern unser Gegenüber ein. Aber Sprachen können ihren Sinn nur dann erfüllen, wenn die Partner auch die gleiche Sprache sprechen, sich wirklich verstehen können.

Die Bibel bezeichnet man als das Wort Gottes. Gott hat sich im Menschen ein Gegenüber geschaffen, das er deshalb ebenfalls mit der Gabe des Sprechens befähigt hat. Gott und die ersten Menschen, die er erschaffen hatte, sprachen miteinander im Paradies. Auch wir können heute im Gebet zu Gott sprechen, denn er teilt uns im Psalm 94 Vers 9 mit, dass er uns auch hört:

Der das Ohr gepflanzt hat, sollte der nicht hören? Der das Auge gemacht hat, sollte der nicht sehen?

Wir alle mussten aber erst durch menschliche Vorbilder das Sprechen erlernen. Meist ist der Lernort dazu in den ersten Lebensjahren die Familie, so wie es bei mir der Fall war. Als spezielle Ausstattung dazu erhielten wir einen Kehlkopf, der bei uns tiefer als bei den Affen im Hals sitzt, und uns dadurch die Bildung der dazu notwendigen Laute ermöglicht. Und Wissenschaftler beteuern, dass auch unser Gehirn, das wir beim Sprechen benützen, ein ganz besonders genial ausgestattetes Organ ist.

Welche Besonderheit es ist, die Fähigkeit der Sprache zu besitzen, wurde mir aber erst durch ein Bilderbuch (*Helen lernt leben*) über das Schicksal der blinden und tauben Helen Keller (1880-1968) wirklich deutlich. Unvergessen war mir bereits ein Film über dieses außergewöhnliche Leben geblieben, den ich in jungen Jahren gesehen hatte. Die Illustrationen in dem Buch machen deutlich, wie notwendig für uns die Sprache ist, um auch unseren Verstand benutzen zu können. Helen war in Finsternis und ohne Wahrnehmung von Geräuschen völlig hilflos nur ihren Gefühlen ausgeliefert, was sie zutiefst unglücklich und aggressiv machte. Durch den hingebungsvollen Einsatz ihrer privaten jungen Lehrerin Ann Sullivan, die bis zu ihrem 18. Geburtstag selbst blind gewesen war, konnte Helen mit Hilfe ihres Tastsinns endlich erfassen, dass es für Wasser, Ball, ihren Vater jeweils Begriffe und Namen gab! Mit großer Wissbegierde lernte sie Anns Zeichen in ihrer Hand verstehen und auch selbst einzusetzen. Immer weiter öffnete sich für sie damit die Tür, um in ihrem Verstand einen Wissensschatz von Worten und Bezeichnungen zu sammeln und zu gebrauchen. Mit Ann an ihrer Seite gelang ihr sogar später ein Studium und sie wurde als Sozialreformerin und Schriftstellerin über die Grenzen ihrer amerikanischen Heimat hinaus bekannt.

Bei gesunden Kindern geschieht das Erlernen der Sprache ja weit weniger spektakulär, so dass uns dieser enge Zusammenhang von Sprache und Verstand oft gar nicht bewusst wird. Mich begleiteten als Kind die sprechenden Mäuse Putz und Pieps in dem schönen Buch *Wichtelhausen*, so dass ich jedenfalls nicht die Besonderheit dieser Gabe erkannte. Der König der Löwen, Manni, Sid und Diego in dem Film *Ice Age* können es doch auch! Dass Sprache nur durch Vermittlung erlernt wird, scheint nicht nur mir dadurch verstellt gewesen zu sein. Wie ist es sonst zu erklären, dass es öffentlich üblich ist, von den Vorfahren zu sprechen, die vom Baum gestiegen sind? Ohne Anleitung sollen diese Ahnen das Sprechen gelernt haben? Wie könnte ein Affe, als dessen Nachkomme man sich sieht, etwas fertigbringen, was ein Kind nicht kann?

Denn dass Sprechen nur durch Nachahmung gelingt, ist eine Tatsache, die nicht zu widerlegen ist. Leider gibt es dazu tragische Beispiele, wie es ja auch Helen Kellers Leben eindrücklich ist. Der altgriechische Begriff λογος (Logos) bedeutet neben *Wort* auch zugleich das geistige Vermögen, durch das es hervorgebracht wird. Dadurch wird die Nähe von Sprache und Verstand verdeutlicht, wie sie nur der Mensch besitzt und in unermesslichem Ausmaß Gott. In der Bibel wird im achten Kapitel der Sprüche die göttliche Weisheit ganz wunderbar bildhaft beschrieben. In mein Poesiealbum schrieb mir mein Vater diesen wunderbaren Vers: *Gott lieben, das ist die allerschönste Weisheit* (Sirach

1,14). Und im Evangelium des Johannes wird im ersten Kapitel Jesus, der Sohn Gottes, sogar als das fleischgewordene Wort Gottes vorgestellt.

<u>Aha, ich verstehe</u>: Die Sprache wählte Gott als die Verbindungsmöglichkeit zwischen sich und uns Menschen aus, so wie sie es auch zwischen Menschen mit gleicher Sprachkenntnis ist. Ich liebe es zu wissen, dass Gott der Urheber der Sprache ist und ich bin mit Dankbarkeit darüber erfüllt!

Das Erlernen von Handzeichen und Blindenschrift waren wichtige Hilfsmittel für Helen Keller. Wie viel einfacher haben wir es da, nach dem Sprechen später auch das Schreiben und Lesen zu erlernen, denn damit kann ja Sprache festgehalten werden. Dazu ist Schrift, also ein Code von Zeichen und Buchstaben notwendig.

Wie wichtig Schrift für die Erinnerung des Menschen ist, wird uns immer wieder bewusst. Schon im dritten Jahrtausend vor Christi Geburt, um 2250 v. Chr., wurden Bibliotheken mit Tontäfelchen in der Stadt Ebla und dem Stadtstaat Mari (Irak und Syrien, Mesopotamien) angelegt. Dies zeigt, dass in der Zeit nach der Sintflut, etwa 700 Jahre vor Mose, das Schreiben schon als Fertigkeit zu den Menschen gehörte. Archäologen suchten und fanden diese durch Feuer zerstörten Städte im letzten

Jahrhundert. Die im Feuer gebrannten Tontafeln können deshalb noch heute durch befähigte Wissenschaftler etwas vom damaligen Zeitgeschehen berichten. Die dort geschriebenen Namen von Sems Nachkommen (einem der drei Söhne Noahs) - Eber, Peleg, Terach, Ismael, Israel – waren ihnen schon aus der Bibel durch die Berichte aus der Zeit Abrahams bekannt, der vor etwa 4000 Jahren 150 Jahre auf dieser Erde lebte.

Ohne schriftliche Mitteilungen wüssten Menschen sehr schnell nichts mehr von der Weltgeschichte oder auch nur aus ihrer eigenen familiären Vergangenheit. Was ist uns von unseren Eltern, Großeltern oder Urgroßeltern noch bekannt? Traurig, dass der Schüler Max von seinem Vater nichts wusste, auch als Kind in einem Heim das Geburtsdatum seiner Mutter nicht erfahren konnte, doch das Buch mit den Bildern von Affenmenschen wie sein Familienalbum betrachtete und sich dadurch genug über seine Vorfahren informiert und mit uns verwandt fühlte. Zwar hatte ich schon oft erwachsene Menschen von ihren Vorfahren, den Affen, sprechen hören, aber diese Auswirkung auf das Leben von Kindern erschreckte mich doch! Was für ein riesengroßes Loch an Geschichtswissen klaffte da! Für meinen Ethikunterricht wurde mir dadurch klar, wie wichtig für jeden von uns eine

Einordnung in der bekannten Menschheitsge-schichte ist. Eine erstellte Zeitleiste (6 Meter sind darauf 6000 Jahre, 1 Millimeter ein Jahr) hat uns nach dieser Erfahrung dabei sehr geholfen. Alle Menschen, die mit uns gleichzeitig die Welt bevölkern, haben diese Vorgeschichte hinter sich, denn sonst wären sie nicht hier. Gott informiert uns mit der Bibel über die Anfänge der Menschen in schriftlicher Form und wir besitzen die wichtige Gabe des Lesens! Allerdings hat Indira Gandhi (1917-1984) dazu eine Beobachtung gemacht: *Die Geschichte ist der beste Lehrer mit den unaufmerksamsten Schülern.*

<u>Aha, ich verstehe</u>: Durch die Bibel lässt uns Gott wissen, dass es auch wichtig ist, lesen zu können, denn dadurch konnte er uns lebenswichtige Informationen zukommen lassen. Ich liebe es zu wissen, dass Gott es liebt, uns nicht im Ungewissen zu lassen!

Und wir können Worte ja sogar singen:

Dass du mich einstimmen lässt in deinen Jubel, o Herr, deiner Engel...

6. Dramatischer Umbruch meines Lebens

30 Jahre waren seit der anfangs erwähnten unvergessenen Schulstunde vergangen. Wunderbare Jahre, die angefüllt waren mit Freude an meinem Beruf mit Kindern an verschiedenen Orten. Auch hatte ich ausgiebig die Möglichkeit, die Schönheiten dieser Welt in Augenschein zu nehmen, wobei mir oft mein ausgeprägter Orientierungssinn zugute kam. Für mich war es besonders einladend, wenn ich dabei Freunde besuchen konnte, wie in Norwegen und Südafrika. Meine jährlichen Besuche bei meinen Verwandten hinter dem eisernen Vorhang, der DDR, schärften mein Bewusstsein für das besondere Geschenk der Freiheit, das ich in all diesen Jahren genießen durfte.

Die erlebte Gnade und Bewahrung nahm ich zwar schon dankbar an, aber meine Beziehung zu Gott beschränkte sich auf meine Konfirmation, gelegentliche Kirchenbesuche, später die kirchliche Trauung, die Taufe der beiden Töchter und auf ein tägliches „Vaterunser". Nun waren meine Tage von meiner Familie ausgefüllt, die aus meinem Mann Valentin (seine rumänische Herkunft bereicherte mein Leben um eine Kultur, eine Sprache und viel

Musik), der fast vierjährigen Tochter Julia, der einjährigen Catrin, der rumänischen Oma und mir bestand. Sogar begleitete unvermutet der fünfjährige Sohn Klaus meines Mannes bisweilen unser Leben, den wir alle, aber besonders seine jüngeren Schwestern, lieben. Er gehört zu uns.

Durch den Wunsch meines Mannes nach einem weiteren Sohn, sah ich mich allerdings mit 42 Jahren doch überfordert. Verunsichert nahm ich den Rat einer Frau im Urlaub an, dass ich darüber nur pendeln müsste, dann wüsste ich gleich Bescheid, ob noch ein weiteres Kind zur Familie käme.

Als Kind hatte ich erlebt, dass meine Mutter über dem Brief eines Soldaten gependelt hatte, um seiner Frau darüber Klarheit zu verschaffen, dass der Schreiber tatsächlich tot war und sie wirklich seine Witwe war. Diese Idee erschien mir also auch verführerisch einfach und sehr praktisch. Ich ließ mir die Vorgehensweise erklären und wandte sie daheim gleich ganz gespannt an. Und das Pendel in meiner Hand überraschte mich wirklich mit einer Macht, die von mir völlig unabhängig agierte. An vielen Menschen testete ich die Fähigkeit des Pendels aus und immer wurde mir bestätigt, dass die Zahl und das Geschlecht der vorhandenen Kinder mir damit richtig mitgeteilt werden konnte. Und uns sagte das Pendel einen weiteren Sohn an und ich wurde schwanger. Am Abend von Julias viertem Geburtstag im November musste ich wegen Blutungen ins Krankenhaus zur Ausschabung. Zum Glück konnte die Frau meines Bruders Michael unsere beiden Töchter während meines Aufenthaltes im Krankenhaus eine Woche bei sich betreuen, da ja mein Mann arbeitete. Noch war uns nicht bewusst, dass dies der Beginn einer Zeit mit schwerer Krankheit war. Zwei weitere Operationen mussten nach jeweils drei Wochen wegen großem Blutverlust vorgenommen werden. Danach stand die Diagnose fest: Ich hatte zwar nicht Krebs, wie zunächst vermutet, aber eine invasive Blasenmole. Die Schwangerschaft bestand noch weiter, was zu den erhöhten Blutansammlungen geführt hatte, obwohl keine Frucht mehr vorhanden war. Eine Ausbreitung in die Lunge und ins Gehirn wären die weiteren Folgen, was zum Tod führen würde. Die Rettung davor sollte die Entfernung der Gebärmutter und eines Eierstocks werden. Die Blutproben nach diesem Eingriff zeigten, dass der Wert des Schwangerschaftshormons allmählich wieder in den Normalbereich sank. Damit war diese Todesgefahr gebannt. Die nächste Zeit sollte ich mit den Kindern bei meiner Mutter in Ingolstadt verbringen. Als ich mich nach einer Ohnmacht am Boden wiederfand, hörte ich die große Tochter weinend fragen, ob ihre Mama nun ganz tot sei. Ich bekam leichtes Fieber und der Arzt wies mich in Ingolstadt ins Klinikum ein. Dort suchte man ein Wochenende lang nach dem Grund für meine erhöhte Temperatur. Es wurde klar, dass sich wahrscheinlich etwas Eiter an meiner Operations-narbe gebildet habe. Deshalb sollte ich am nächsten Tag als Letzte operiert werden, da der OP-Raum nach einer Operation mit Eiter total desinfiziert werden muss und keine weiteren Operationen mehr möglich sind.

Als ich wieder zu mir kam, war es Nacht und ich befand mich mit einer Krankenschwester in einer fremden Umgebung, in der noch Kontrollgeräusche von einer Person hinter einem Vorhang zeugten. Flüsternd stellte ich die Frage: „Sterbe ich jetzt?“ „Nein, nun nicht mehr. Sie hatten viermal einen Herzstillstand und wurden wiederbelebt.“ Wie winzig fühlte ich mich und wie überwältigend stark die Nähe des Todes! Was war passiert? Ich hatte die lebensbedrohende Krankheit Peritonitis (Bauchfell-entzündung) bekommen, so dass meine ganze Narbe wieder geöffnet werden musste. Nach der Entfernung des Eiters aus meinem Bauchraum hat man mit Wasser nachgespült. Bei jeder Spülung blieb mein Herz stehen. Mein Wissen über Herzstillstand stammt aus einem Radiobeitrag: Die

Hälfte der Patienten mit Herzstillstand kann wiederbelebt werden. Die Hälfte dieser Patienten kann das Krankenhaus auch wieder gesund verlassen. Wie konnte ich diese Todesgefahren überleben?

Ich habe eine genaue Erinnerung an meine Rückkehr ins Leben. Der Zeitpunkt war wohl vor meinem Erwachen auf der Intensivstation. Ich glitt durch ein leicht schräges Fallrohr langsam nach unten. Ich näherte mich unaufhaltsam dem Grund, der eine sich drehende teerschwarze Masse war. Als ich dieses schauerliche Ziel erkannte, kam voll grauenvoller Angst nur ein einziges Wort über meine Lippen: *Jesus.* Daraufhin lösten sich Lianen aus der Schachtwand, ich konnte mich daran festhalten und ich sank nicht weiter abwärts. Meine Rettung in letzter Minute!

Die Untersuchung am nächsten Tag mit dem Katheter hat mein Herz gut überstanden, aber noch sehr lange spürte mein Körper die Atemnot, in die er durch die Zeiten ohne Sauerstoff geraten war. Schlafen konnte ich nach diesem Geschehnis eine Woche nicht, dafür war ich zu erschüttert, da mir der Tod so nah gekommen war, der mich in ewige Verlorenheit geführt hätte!

Aber ich lebte! Ich hatte die Macht des Namen Jesus erlebt!

Ich hatte mein Leben doch so allein geführt, nur das tägliche Gebet, das Jesus seinen Jüngern vor 2000 Jahren gegeben hat, sollte nach meiner Vorstellung alles Wichtige beinhalten und ansprechen und mich mit Gott lose verbinden.

Noch sehr schwach wurde ich aus dem Krankenhaus entlassen, musste mich jedoch in Ingolstadt und in München jeweils wieder für ein paar Tage in krankenhäusliche Pflege begeben. Bei meinem letzten Aufenthalt im Schwabinger Krankenhaus löste die Ankündigung einer weiteren Operation unstillbares Weinen aus, so dass man wegen meiner so angeschlagenen Verfassung alternativ wieder eine intravenöse Behandlung wählte. Direkt vom Krankenhaus in München brachte mich Eliodor zum Bahnhof und ich reiste mit dem Zug in Begleitung meiner Schwester und einer Nachbarin nach Bad Schwalbach zu einer Anschlussheilbehandlung (AHB). Am Tag vor meiner Abreise besuchte mich Valentin kurz zur Verabschiedung, zum ersten Mal zusammen mit den Kindern. Catrin hüpfte selig vor uns her auf dem Weg durch den Park. Als sie feststellte, dass ich nicht mit ihnen heim kommen würde, hörte ich bis zu ihrem Einstieg ins Auto ihr kummervolles

Brüllen. Ich kann nicht sagen, dass mir da das Herz gebrochen ist, dafür war doch sowieso schon so viel zerbrochen! Als ich das Kurheim erreicht hatte, lief an der Eingangstür eine junge Frau an mir vorbei den Berg hinunter. Meine Blicke und Gedanken folgten ihr: Würde auch ich je wieder schnell laufen und länger als zehn Minuten gehen können?

Zu dieser Zeit war ich noch überzeugt, dass ich das Pendel als erstaunliches Spielzeug in der Hand hätte. Mir zeigte es nun nach meiner Operation an, dass ich keinen Sohn mehr bekommen würde. An weiteren Personen im Kurheim lieferte das Pendel weiterhin stets richtige Angaben. Eine schwarz gekleidete ältere Frau, die neu zur Kur gekommen war, beendete für immer meinen Griff zum Pendel. Sie lehnte die dahinter stehende Macht ab und bei ihr versagte sie! Endlich stellte sich mit ihr ein Mensch dieser dunklen Macht entgegen, der ich mich über ein halbes Jahr bedient hatte. Diese Frau stand auf der Seite des Siegers!

Erst dreißig Jahre später ist mir bewusst geworden, in welch grauenvolle, tödliche Gefahr ich mich begeben hatte, warum mein Leben am seidenen Faden hing! Ich hatte dem den kleinen Finger gegeben, von dem man sagt, dass er die ganze Hand nimmt. Aber er wollte noch viel mehr, mich ganz. Drei Versuche unternahm er: Invasive Blasenmole, Peritonitis und Herzstillstand.

Jetzt erinnere ich mich auch wieder an das Buch von Dr. Kurt Koch *Seelsorge und Okkultismus*, das ich mit 19 Jahren gelesen hatte. Ganz eindrücklich warnt er darin vor jeder Form des Okkulten. Dies hätte mich zwar vor jeder Form von geheimen Seancen oder Wahrsagern abgehalten, doch mein offenes Pendeln habe ich nicht dazu gerechnet. Dass aber die benutzte Kraft durchaus aus dem Machtbereich des Okkulten kam und den κοσμοκρατορεν (Kosmokratoren) gehörte, hatte ich leichtfertig nicht bedacht! Paulus warnt vor diesen Kräften in seinem Brief an die Epheser im 6. Kapitel im 12. Vers, vor den Gewaltigen, die in der Finsternis dieser Welt herrschen, vor den bösen Geistern unter dem Himmel.

Und erst jetzt kann ich den Blick auf diesen Punkt ertragen, an dem mich das Anrufen des Namens Jesu errettet hat und mir inzwischen noch über 30 weitere Lebensjahre geschenkt wurden. Damals hatte ich noch gar nicht die Zeit, den Mut und die Kraft, mich mit diesem Geschehen auseinanderzusetzen.

Tatsächlich fühlte ich mich nach zwei Wochen Kuraufenthalt schon so gestärkt, dass ich wirklich wieder länger als zehn Minuten gehen konnte und auch in der Lage war, Sehnsucht nach meinen Kindern zu verspüren. Nach Ostern, im April kurz nach Catis zweitem Geburtstag, begann für uns wieder das Leben als Familie. Ein Jahr lang hatte ich noch täglich Schmerzen an meiner Operationsnarbe, die sich nun aber nur noch selten melden. Das Vertrauen meiner Kinder in mich musste ganz langsam wieder neu gewonnen werden. Die täglichen Aufgaben mussten bewältigt und meine Mutter in Ingolstadt regelmäßig mit den Kindern besucht werden.

Und wie lautet nun hier mein ganz persönlicher <u>Aha-Merksatz:</u> Die Mächte der Finsternis sind grauenvoll real und hätten mich in die ewige Verlorenheit geführt. Nicht immer zeigen sie ihr Antlitz so deutlich, wie im Holocaust und bei anderen Grausamkeiten. Ich liebe es erlebt zu haben, dass das Anrufen des Namen Jesus meine Rettung wurde und ich ihm danken kann!

Gehören in Ingolstadt die jungen Mormonen zu den häuslichen Besuchern, so waren es bei mir die Zeugen Jehovas, die an meiner Tür läuteten. Obwohl mich ihr Einsatz zu zweit auf der Straße und nun so persönlich beeindruckte, fühlte ich mich doch als evangelischer Christ überlegen in meiner Argumentation. Doch dann wurden Susanne und

Melitta, zwei ältere, sehr angenehme und kluge Frauen zu mir geschickt und mit ihnen machte das Reden großen Spaß. Meine Bibel musste ich bereitlegen und regelmäßige Besuche zum Buchstudium wurden vereinbart und durchgeführt. Dem Argument, dass man nichts aus der Bibel herausnehmen dürfe (den Namen Jehova aus dem Alten Testament), hatte ich nichts entgegenzusetzen. Die Broschüren *Der Wachturm* und *Erwachet* wurden zur Pflichtlektüre und mussten mit den angegebenen Bibelstellen überprüft werden. Jeder Textabschnitt wurde mit Fragestellungen vertiefend wiederholt. Susanne war früher Lehrerin, war verheiratet und hatte drei Kinder. Die beiden schönen Töchter waren auch Zeugen Jehovas, ihr Mann und der Sohn nicht. Sie war eine lebhafte, interessierte, engagierte Person und ich freute mich auf unsere regelmäßigen Treffen oder die Kaffeeeinladungen zu ihr, mit Gesang am Klavier.

Das Buch von Wilder Smith *Die Naturwissenschaften kennen keine Evolution* erhielt ich von Susanne. Hier fanden sich die ersten Argumente gegen Evolution: die Chirialität der Aminosäuren und die Entropie des zweiten Hauptsatzes der Thermodynamik. Nun ja, Aminosäuren kannte ich ja auch nicht, aber ich ließ mich belehren, dass für unseren Zellenaufbau nur linksdrehende geeignet sind, durch Blitze oder die Maschine des Physikers Stanley Miller aber nur Razemate, rechts- und linksdrehende Aminosäuren in gleicher Anzahl, erzeugt werden. Die Entropie verstand ich am besten bei der Vorhersehbarkeit einer sich abkühlenden Tasse Kaffee und der ebenso vorhersehbaren zunehmenden Unordnung auf meinem Schreibtisch. Entropie kennt die Richtung, in der sich etwas entwickelt. Hausfrauen auch, nämlich eindeutig in Richtung Unordnung. Amöben, mit denen ja meine Bekanntschaft mit der Evolution begonnen hatte, sollten sich allerdings ja genau in entgegengesetzter Richtung in Lebewesen mit wunderbarer innewohnender Ordnung entwickeln können. Dabei wäre alles mühelos aus Unordnung in Ordnung gekommen?

Die Zeit des Studiums mit den Zeugen Jehovas warf Fragen auf: Wieso gab es nur ein Gedächtnismahl im Jahr, wieso sollte der Himmel nur für 44 000 Zeugen Jehovas sein, warum ist Gott nicht dreieinig, warum erlebte ich den Tod Susannes Mutter (auch sie war Zeugin Jehovas gewesen) nicht friedlich, warum sollte ich nicht mit Menschen nach einem Kongress im halb gefüllten Olympiastadion sprechen, wieso wurde Jesus erst 1918 eingesetzt, wieso sprach Jesus: Ich sage dir heute, du wirst mit mir im Paradies sein…???

Blicke ich auf diese Zeit zurück, so habe ich dadurch erlebt, wie Verblendung geschieht. Erkannt habe ich, dass die zeitlich geforderten Studien der einheitlichen Wachturmliteratur aus New York und der weltweit organisierten Verbreitung wie mit Scheinwerfern in die Augen der suchenden Leser gerichtet ist. Natürlich war ich gesprächsbereit, als Valentin durch Vermittlung von Freunden einen Mann der Gruppe *Exodus* kontaktierte. Martin kam aus München zu uns geradelt. Er nahm sich von zwei bis abends um sieben Uhr Zeit. Als erstes schenkte er mir eine Elberfelder Bibel (da dort im Alten Testament der Name Jehovas benützt wird) und das Buch von Wilhelm Busch: *Jesus unsere Chance* mit Predigten über den verlorenen Sohn (Luk. 15, 11- 31).

Martin besaß die Argumente, die erklärten, dass es sich bei den Zeugen Jehovas um eine Sekte handelt. Das erste sichere Zeichen dafür ist, dass man zur Errettung an den offenen Armen von Jesus vorbei in eine Organisation als Mitglied geführt werden soll. Nicht Jesus, sondern eine Institution organisiert den Weg ins ewige Leben. Und neben der Bibel muss man andere Literatur lesen (Erwachet, Wachturm, unterschiedliche Bücher müssen studiert werden oder bei den Mormonen das Buch Mormon). Und er zeigte mir, dass in der

Bibelübersetzung der Zeugen Jehovas im Neuen Testament der Name Jehova eingefügt worden war, sogar stellenweise als Ersatz für den Namen Jesus! Laut Offenbarung 22,18 übersieht Gott so etwas nicht. Martin zeigte mir ganz viele Eigentümlichkeiten in der Entstehung und Organisation der Z.J. auf. Abends im Bett wurde mir ganz schwindlig, als ich erkannte, an welchem Abgrund ich mich nun schon wieder befunden hatte!

In dem Buch *Jesus unsere Chance* begegnete mir endlich in Wilhelm Busch ein Pfarrer, der Gott liebte, ihn ernst nahm und zeigte, welche Liebe Gott für uns verlorene Menschen empfand! Diese erschütternde, wunderbare Erkenntnis nahm ich in mehreren Monaten unter vielen Tränen in mich auf. Auf dem Weg, den allmächtigen Gott als sehnsüchtig wartenden Vater und mich als das abgewandte Kind zu sehen - den heiligen Gott und meine Stellung als unheiligen und so oft vor ihm schuldig gewordenen Menschen – konnte ich endlich erschüttert und voll Freude zu ihm umkehren! Da die Bekehrung ein so persönlicher Vorgang zwischen Gott und mir war, konnte ich nur schwer die beschreibenden Worte finden. Die Bekehrung des Paulus verlief ja umwerfend spektakulär (Apostelgeschichte 9, 1-22) und auch John Newton (1725-1805) gelang ein wunderbarer

Bericht mit seinem Lied: *O Gnade Gottes, wunderbar hast du errettet mich. Ich war verloren ganz und gar, war blind, jetzt sehe ich.* Dies zu singen fällt mir natürlich wieder leicht.

Martin bat mich, alles außer der Bibel aus der Hand zu legen und die Bibel ganz zu lesen. Danach hatte ich mich in der Zeit mit den Z. J. zwar immer mehr gesehnt, doch nicht die Zeit gefunden. Wie wohltuend, nicht mehr durch Licht geblendet zu werden, sondern Gottes Wort als unseres Fußes Leuchte und als Licht auf unserem Weg zu erkennen (Psalm 119, 105)! Ja, ich kam wirklich in den offenen Armen Jesus an!

Martin nahm noch einmal den Weg zu uns auf sich, um den Kontakt zu der amerikanischen Missionarsfamilie Ott in unsrer Parallelstraße herzustellen. Danach kam Alice Ott zu mehreren Treffen zu mir geradelt, um mit mir die Grundlagen des christlichen Glaubens anhand einer Broschüre zu erlesen. Nach dem Abschluss verspürte ich den großen Wunsch, wie der Kämmerer aus dem Morgenland, getauft zu werden. Dies geschah durch Alices Mann Craigh Ott in der freien evangelischen Gemeinde München Mitte zusammen mit anderen Täuflingen. Und ich zog danach fröhlich meine Straße. Alice Ott lud oft zu sich mehrere Frauen aus der Nachbarschaft zum gemeinsamen Frühstück ein.

Jeder brachte etwas mit und bei unseren Gesprächen erhielten wir auch kurze Botschaften aus der Bibel. Dort habe ich meine Freundin Gaby kennengelernt. Bei einem Vortrag von Roger Liebi im Bürgerhaus hier in Unterschleißheim stellte sie mir das Ehepaar Stevenson vor, die nicht weit von mir weg wohnen und deren Hauskreis ich seit dieser Zeit besuche. Auch bin ich seit über zwanzig Jahren Mitglied der freien Gemeinde, deren Ältester David Stevenson ist.

Ja, <u>aha, ich habe es verstanden:</u> Ich liebe es, dass durch Gottes Planung und wunderbare Vorbereitung sich auch diese Gefahr der Verblendung für mich zum Guten gewendet hat! Gott sei Dank! Ich liebe die gewonnene Erkenntnis, dass außer Jesus keine Organisation, keine Tradition und keine Zusatz-literatur ewiges Leben schenken kann.

Wie war es möglich geworden, dass ich der evangelischen lutherischen Kirche den Rücken kehren konnte, in der ich mich als Kind so beheimatet gefühlt hatte, die mein Leben erfüllte und so spannend gemacht hatte? Wie liebte ich die Freizeiten mit meiner Familie in Riedenburg, die Kinder – und Jugendfreizeiten, die Frauenhilfs-nachmittage und -ausflüge, die meine Mutter für die 80 alten Damen regelmäßig organisierte, den Posau-nenchor. Wie begeistert sang ich zur Orgel im

Gottesdienst die wunderbaren Choräle, wie etwa die herrliche Melodie mit dem schwer vorstellbaren Text *O dass ich tausend Zungen hätte und einen tausendfachen Mund, so stimmt ich damit um die Wette vom allertiefstem Herzensgrund ein Loblied nach dem andern an von dem, was Gott an mir getan.* Mit Interesse hörte ich im ERF Evangeliumsrundfunk Professor Zimmerling ausführen, wie bedeutungsvoll – eben nicht nur für mich - die früheren Liedtexte geworden waren. Da Bibeln nach der Reformation für die Christen trotz der Kunst des Buchdrucks teuer blieben, wurde das Evangelium in Form von Liedern mit vielen Strophen durch günstigere Liederbücher verbreitet und konnte sich dadurch den Menschen tief einprägen. Wie atemberaubend war es für mich, die erste Bachpassion, mit Bachtrompetern, zu hören, die Kantor Loy in unsrer Kirche aufführte. Glücklich fühlte ich mich, wenn ich beim Abendläuten im Dekanat in großer Runde die Abendlieder mitgesungen habe und Herr Dekan Simon eine kurze Andacht hielt. Auch wurden uns im Gemeindehaus die tief beeindruckenden Filme *Die 12 Geschworenen, Wer die Nachtigall stört, Helen Keller* und *High Noon* gezeigt. Noch heute denke ich mit Begeisterung an die Faschingsprogramme, die in der Zeit von Diakon Meister im Martin

Luthersaal zur Aufführung gelangten. Aber auch Fredis mitreißende Jugendstunden konnten wir noch vier Stockwerke darüber in unsrer Wohnung im Gemeindehaus am Holzmarkt als Besonderheit wahrnehmen. Die Sonderzugfahrt nach Riedenburg zur Einweihung der neuen Kirche, deren Turm nun nicht mehr beim Glockenläuten wackelte, wie der an der alten Holzbaracke, war angefüllt mit lauter Fröhlichkeit.

Doch die Predigten von den Theologen, denen durch die verbreitete wissenschaftliche Lehre der Evolutionstheorie ihr Glaubensfundament ins Wanken geraten war, fand ich zunehmend befremdlich. Wie konnten sie noch überzeugend von Gott dem Schöpfer sprechen, an den sie gar nicht mehr glaubten? Wie wenig passten das Glaubensbekenntnis und die gesungenen Liedtexte zu ihren Worten. Mein Vater schwieg zu diesem Wandel, denn es fehlten noch die unterstützenden Argumente durch die Wissenschaft. Auch von seiner Mutter (sein Vater war verstorben als er 8 Jahre alt war) hatte meinem Vater lebenslänglich die Anerkennung für seine Berufswahl gefehlt. Seine Seele wurde mit der Zeit bei dieser Gegnerschaft müde und betrübt. Mit 63 Jahren ist er erkrankt und wurde pensioniert. Er verlagerte sein Interesse ganz auf die vergangenen Jahrhunderte. So beschäftigte er sich im Archiv mit Dr. Eck, dem Gegenspieler von Dr. Martin Luther, der in Ingolstadt an der Universität gelehrt und gewohnt hat, mit Argula von Grumbach und ihrem Haus in Hepberg, sowie mit der frühen evangelischen Gemeinde von Spitalhof bei dem katholischen Ingolstadt. Dies waren alles Themen, bei denen man von Angriffen verschont blieb.

Ich danke dafür, dass das Ehepaar Lauterbach aus Nürnberg uns einmal besuchte, um uns zu sagen, dass im Krieg für den Soldaten Lauterbach mein Vater als Mensch aus dem sonst üblichen Rahmen fiel. Auch erlebte ich, dass der Forstmeister Zoppelt meinem Vater für seinen ermutigenden Beistand in der Zeit der schweren Krankheit seines Sohnes beim letzten Gottesdienst in Geisenfeld noch einmal bewegt dankte. Wie gerne hätte ich mit meinem Vater geteilt, womit ich mich in den vergangenen Jahren beschäftigt habe! Doch er starb 1978 mit 75 Jahren, zu einer Zeit, als es diese Möglichkeiten noch nicht gab, wie sie sich mir boten. Aber sein Hinweis auf die Worte Jesus, dass Gottes Wort die Wahrheit ist, hat mich ja geleitet und war mir immer gegenwärtig.

<u>Aha, jetzt verstehe ich</u>: Eine Gemeinde ohne die Basis des gesamten Wortes Gottes hatte für mich den Wert verloren, den sie früher gehabt hatte. Ich hatte diese evangelische Kirche aus ganzem Herzen

geliebt, als das ganze Leben und sie, noch so wunderbar zusammengepasst hat. Doch zum Glück kann man die Gemeinden finden, die auf dem Wort Gottes gegründet sind!

Dass du mich einstimmen lässt in deinen Jubel, o Herr, deiner Engel...

7. Es gibt auch heute christliche Wissenschaftler!

Hatte ich nun mein persönliches Rettungsteam mit Frau Spranger, Conny, Valentin, Martin Schneeberg, Wilhelm Busch, Alice und Craigh Ott (schon lange wohnen sie nicht mehr hier), Gaby, David und Erika in meinem Leben ganz hautnah erlebt, so wartete bereits die nächste riesige Überraschung auf mich. Beim Gang über den Marktplatz stand unvermutet ein Tisch mit Büchern vor mir. Erstaunt fragte ich, was das zu bedeuten habe. „Diese Bücher verschenken wir, falls Sie Interesse haben", war die Antwort. Kein Titel war mir bekannt und ich bat um eine Empfehlung. Ich wusste es noch nicht, dass ich mit dem Exemplar *Wenn Tiere reden könnten* von Werner Gitt und K.-H. Vanheiden endlich den Schlüssel in der Hand hielt, der mir die Tür öffnete in diese so sehr gesuchte wieder heile wunderbare Welt. Hier hatten sich christliche Wissenschaftler die Mühe gemacht, Laien ihr gesammeltes Wissen in verständlicher Form weiterzugeben. Laut ihrem Vorwort hatten sie damit *das Vieh befragt, das sie lehrte… , dass die Hand des Herrn diese Welt geschaffen hat,* wie es in Hiob 12,7-10 zu lesen ist. Und so erfährt man neben vielen interessanten weiteren Details, dass bei Vögeln eine Sehne, die durch ein kleines Loch in der Gelenkpfanne des Oberarmknochens gefädelt ist, das Fliegen ermöglicht, wieso Pottwale den Druck auch in 3ooo Metern Tiefe im Meer aushalten, mit welchen Besonderheiten das australische Schnabeltier aufwartet. Auch die Genialität des Federkleides der Mehlschwalbe, dieser ausgezeichneten Fliegerin, ist beschrieben und das kalte Licht der Glühwürmchen. Auf die Flugkunst der Libellen wird eingegangen, über unsere Augenlinse und ihre mikroskopische Struktur wird man (sogar mit Bild) informiert, man erhält Angaben zu unseren Regenwürmern und bekommt den Motor des bekanntesten Bakteriums, des Escherichia coli, gezeigt und beschrieben. Aber auch über die Lösung des Treibstoffproblems des Goldregenpfeiffers bei seinem 88 stündigen Flug über das offene Meer erfährt man Erstaunliches. Mit diesem Buch leisteten die Autoren nicht nur mir einen wunderbaren Dienst, wie die Auflagenzahlen belegen. War das Buch 1990 zum ersten Mal erschienen, so hatte es bis 2006 schon 15 Auflagen erreicht.

Bei meinem geschenkten Exemplar befand sich auch eine Werbung für *factum*, der ersten evolutionskritischen Zeitschrift in deutscher Sprache, von Bruno Schwengeler in der Schweiz. Ebenso enthielt es einen Hinweis auf das Buch *So entstand die Welt* von dem Holländer Willem Glashouwer. Und ich las begeistert weitere Bücher von Werner Gitt. Cati bat zu meiner Freude und unfassbaren Überraschung sogar schriftlich Herrn Professor Gitt um ein Geburtstags Geschenk für ihre Mutter, das er in liebenswürdigster Weise bewilligte. Dieses Geschenk war für mich ein Wunder, das Wunderbares enthielt. So lese ich seit dieser Zeit jährlich die Andachten in *Leben ist mehr* und werde über die Arbeit des schwarzen Kreuzes informiert, der Hilfe für Gefangene. Diese Anregungen stammen aus dieser Sendung an mich und die Bücher von Werner Gitt über die Zeit und die *Faszination Mensch* erhielt ich ebenfalls als Präsent! Neben CDs konnte ich auch in Bad Heilbrunn Herrn Professor Gitt selbst hören und seit der Corona- Pandemie sind seine interessanten Vorträge im Internet aufrufbar.

Die wichtigste Information, auf die Herr Professor Gitt hinweist, stammt aus seinem Spezialgebiet, der Informatik. In seinem überarbeiteten Buch *Am Anfang war die Information* (2. Auflage 1994, 3. Auflage 2002) nehme ich erst einmal beeindruckt die Information durch eine vergrößerte Aufnahme über die Spinndrüsen einer bestimmten Spinnenart auf und auch über die Feinstruktur der Schuppen eines Schmetterlingsflügels. Mit diesem Buch macht Herr Professor Gitt klar: Information ist eine geistige Größe, deren Inhalt nicht durch ihren materiellen Träger erklärt werden kann. So sind nicht die einzelnen Seiten eines Buches das Entscheidende, sondern der geistige Inhalt, der auf ihnen mitgeteilt wird. Denn für jede schriftliche Mitteilung ist ein Autor verantwortlich. Ei- und Samenzellen sind Träger zahlloser genetischer Informationen, die als DNS-Molekül auf dem „chemischen Papier" einer langen Zucker Phosphatkette mit den vier chemischen Buchstaben A, T, C und G in ihnen gespeichert sind. All diese Informationen weisen auf einen Urheber hin. Denn **ohne Informanten existiert keine einzige Information**! Dieses Naturgesetz ist ausnahmslos gültig für Bücher, Zeitungen, Computerprogramme, Hieroglyphen, Schrift, Satzzeichen und das DNS-Molekül. Diese Tatsache ist unumstößlich und schließt eine Informationszunahme durch Zufall aus. Eine zufällige Informationszunahme ist ausgeschlossen! Es handelt sich hierbei um etwas, was jeder wissen kann und was auch jeder wissen sollte.

Der amerikanische Professor für Pflanzengenetik John C. Sanford mutierte zunächst vom Atheisten zum gläubigen Christen. Danach wagte er sich daran, die Annahme von Mutation und Selektion als Motor für die biologische Entwicklung in Frage zu stellen. In seinem Buch *Genetic Entropy and the Mystery of the Genome* dokumentiert auch er seine Erkenntnisse, dass durch Mutation keine neuen Informationen entstehen! Bei seiner Arbeit drängte sich ihm das Bild aus dem Märchen *Des Kaisers neue Kleider* auf, in dem ein Kind unbekümmert ausspricht, dass es keine neuen Kleider zu sehen gibt, da der Kaiser bei seiner Präsentation dieser Neuheit einfach nur nackt war (*factum* 2/2009). An leeren Webstühlen hatte man die Betrachter derart eingeschüchtert, dass es kein Mensch mehr wagte, seiner eigenen Wahrnehmung zu trauen, da der neue Stoff nur bei besonderer Intelligenz und beruflicher Eignung zu sehen wäre. Auch mir war der Bezug der Evolution zu dem klugen Märchen von Hans Christian Andersen aufgefallen. Denn zieht man die Möglichkeit in Zweifel, sich aus einer Amöbe entwickelt zu haben (meist verkürzt man den

Vorgang ja auf die Abstammung vom Affen), so zählt man zu den ewig Gestrigen und erntet deshalb nur bedauerndes Unverständnis, da man nicht weiß, was doch alle wissen. Wegen mangelnder Intelligenz sieht man sie nicht, diese *Fakten* (*Kleider*), die doch alle mit ausreichender Intelligenz klar erkennen können, wirft man Gegnern der Evolutionstheorie vor. Beeindruckend war für mich, wie eine Schülerin im Förder- unterricht an der Sonderschule diesen Intelligenz- bonus für sich in Anspruch nahm und mir nach der Unterrichtung über die Evolution erklärte, dass sie doch nicht so dumm ist und an Gott glaubt. So leicht wurde es dadurch, auf die Seite der Klugen zu wechseln? Man gibt vor unsichtbare ‚Kleider' zu sehen und wird als klug eingestuft – oder umgekehrt.

Durch die Initiative von Willem Glashouwer, Willem Ouweneel und Wilder Smith gab es im holländischen Fernsehen eine Serie mit Informationen zur Bestätigung der Schöpfung. In Deutschland hat Fritz Poppenberg mit Filmen angeregt, über die Theorie der Evolution nachzu- denken. Im Gegensatz zu Holland zog es das öffentlich rechtliche Fernsehen in Deutschland jedoch vor, dessen Film *„Hat die Bibel doch Recht,* Der Evolutionstheorie fehlen die Beweise“ vor seiner schon angekündigten Aussendung aus dem Programm zu nehmen. Darin (als DVD erhältlich) geht er der Frage nach, ob das Wunder des Lebens auf Intelligenz, Weisheit und Geist zurückzuführen ist.

Eine reiche Quelle zur Abklärung von auftauchenden Fragen fand ich in der Zeitschrift *factum*. So las ich dort im Februar 1999 den Artikel über den englischen Professor Andy McIntosh (Physiker und Aerodynamiker), in dem alle Besonderheiten der Federn für den Vogelflug gezeigt werden. Ihn fand ich auch in dem Buch unter den 50 Wissenschaftlern wieder, die es vorziehen, an eine Schöpfung in 6 Tagen zu glauben, das 2001 im Schwengeler Verlag erschien: *Die Akte Genesis* (Originaltitel: Ashton, John F. *In Six Days: Why 50 scientists choose to believe In Creation*, 1999). Das *Museum für die Schöpfung* in Kentucky, Amerika, wurde 2007 Wirklichkeit. Der australische Lehrer Ken Ham war 1987 nach Amerika gezogen und hat dort mit diesem Museum seinen Traum mit einem Blick auf Schulkinder realisieren können (*factum* 5/2007). Der deutsche Arzt Wolfgang C. Schuler weist in dem Artikel *Ein einziges Wunder* (*factum* 9/2009) auf die unvorstellbare Komplexität und wohlgeordnete Sinnhaftigkeit des Lebens in den menschlichen

Zellen hin. Interessant ist es auch zu wissen, dass die Paläontologin Mary Schweitzer bereits 2005 bekannt geben konnte, weiches Dinogewebe entdeckt zu haben. Dies konnte sie aus dem Grund, da sie auch über die wissenschaftliche Befähigung als Molekularbiologin verfügt (factum 1/2008, factum 6/2009). Nach Millionen von Jahren wäre ein solcher Fund unmöglich.

Haben sich Wissenschaftler aus den verschiedensten Disziplinen in dem Buch *Die Akte Genesis* dafür entschieden, ihren Glauben an eine Schöpfung in sechs Tagen zu bezeugen, so gibt es zu diesem Thema auch speziell das Buch *„Die Millionen fehlen*, Argumente für eine junge Erde" von Hansruedi Stutz (1. Auflage 1996 im Schwengeler Verlag, 2. Auflage 2005). Darin wird der Blick auf unterschiedliche Punkte gelenkt, wie zum Beispiel die Verlandung der Seen, den Salzgehalt des Meeres, das Wachstum der Erdbevölkerung, um immer wieder darauf hinzuweisen, dass bei den üblich gemachten Zeitangaben durchaus Probleme aufzuzeigen sind.

So lebe ich heute mit dem Wissen durch Astronomen über ein zuverlässiges Planetensystem auf dem außergewöhnlichen Raumschiff Erde, umgeben von einem unendlichen Universum und weiß durch Physiker etwas vom Innenleben der

60

Atome. Viele Wissenschaftler aus den unterschiedlichsten Disziplinen geben ihr erworbenes Wissen in verständlicher Form an Laien weiter, wofür ich ganz mit Dank erfüllt bin. Sie setzen die Reihe von gläubigen Wissenschaftlern wie Blaise Pascal (1623-1662) und Michael Faraday (1791-1867) fort. Sie kannten alle den Schöpfungsbericht der Bibel und entdeckten bei ihrer wissenschaftlichen Arbeit keinen Widerspruch darin.

Professor John Lennox lehrte an der Universität Oxford Mathematik. Da er auch in Deutschland eine Zeit seines Studiums absolviert hatte, kann er auch in Deutschland ohne Übersetzer Vorträge halten, so wie er es 2012 in der vollbesetzten Matthäuskirche in München getan hat und an vier Abenden 2021 in der Hoffnungskirche in Kaiserslautern. Er weist darauf hin, dass die Wissenschaft hilfreich ist, einen gebackenen Kuchen zu untersuchen und die Inhaltsstoffe zu bestimmen. Dankbar können wir alle Erkenntnisse annehmen, die wir durch die Arbeit der Wissenschaftler gewinnen. Aber es ist auch sicher, dass die Wissenschaft nicht in der Lage ist, etwas über die Motive des Bäckers (er spricht von der backenden Tante) auszusagen. Doch geht es ihm ja nicht um Kuchen und Tanten, sondern um Schöpfung und deren Schöpfer! Deshalb ist es so wichtig, sich der Bibel zuzuwenden und dem Volk, das Gott sich zu seinem Eigentum erwählt hat.

<u>Aha, ich verstehe</u>: Ich liebe es zu wissen, dass es immer christliche Wissenschaftler gab und gibt, die bereit und in der Lage sind, ihr erworbenes Wissen verständlich an Laien weiterzugeben.

Dass du mich einstimmen lässt in deinen Jubel, o Herr, deiner Engel...

8. Die Bibel und die Erschaffung der Welt

In jedem öffentlichen Verkehrsmittel werden Benützer ohne gültigen Fahrschein vor unangenehmen Konsequenzen gewarnt. Wo erhalten wir Informationen für unsere Lebensreise auf der Erde und gewinnen dafür die notwendigen Erkenntnisse?

Um etwas über die Geschichte der Menschheit auf dieser Erde zu wissen, benötigen wir schriftliche Mitteilungen. Historiker, Geschichtsschreiber, Berichterstatter, Dichter, Schriftsteller von historischen Romanen und Lebensberichten lassen durch ihre Beschreibungen für uns Teile der Geschichte lebendig werden. Gott selber hat sich darum gekümmert, dass wir durch die Bibel etwas über ihn und die Anfänge der Erde, dem Leben auf ihr und von seinem Plan für die Zukunft wissen können.

Geschrieben wurden die 66 Bücher der Bibel von über 40, meist jüdischen, Autoren in einem Zeitraum von 1600 Jahren (1500 vor Christi Geburt bis 100 nach Christi Geburt). In Bibelausstellungen, auch virtuell, kann man sich über ihre Entstehung, Genauigkeit, das Alter und die Vielzahl der vorliegenden Originale und Abschriften informieren. Da die Bibel ein Buch ist, das heute (2021) in 694 Sprachen übersetzt ist und Teile von ihr sogar in 3995 weiteren Sprachen vorliegen, kann fast jeder in unserem Umfeld sich selbst durch diesen Weltbestseller informieren. Dabei wird schnell klar, dass nichts Vergleichbares existiert. Deshalb berufen sich Kenner der Bibel nicht nur in ihren Liedern auf Gott und sein Wort. Es ist für mich sehr erstaunlich, wie viele interessante Details allein schon der Schöpfungsbericht in der Bibel enthält. Alles wurde in der Aufzählung bedacht und alle Ergebnisse dieser beschriebenen, göttlichen Schöpfung sind wissenschaftlich, durch das Leben um uns und durch unser Leben selbst klar zu erkennen.

Am Anfang schuf Gott Himmel und Erde. Als einzige Voraussetzung für unsere Existenz wird hier ein existierender Gott genannt. Ein Gott, den es schon immer gab! Dieser **Gott ist lebendig** und gibt sich als Quelle des Lebens zu erkennen. Diese wichtige Begründung des Lebens ist im Psalm 36 Vers 10 auch nachzulesen:

Bei Dir ist die Quelle des Lebens (auch als Lied zu singen).

1862 wurde diese biblische Aussage durch Louis Pasteur wissenschaftlich unwiderlegbar bestätigt (omne vivum ex vivo) – alles **Leben kommt aus Leben**. Ohne diesen lebendigen Anfang gäbe es das Leben also keinesfalls.

<u>Aha, ich verstehe</u>: Die Bibel informiert uns über die grundlegende Tatsache, dass Leben einen lebenden Urheber benötigt und dass dieser sich uns als Gott vorgestellt hat. Ich liebe diese Erkenntnis.

Im Schöpfungsbericht erfahren wir, wie Gott bei der Realisierung seines Projekts einer belebten Erde vorgegangen ist. Gott wendet als Mittel seine Worte an, denen schöpferische Kräfte innewohnen. Gottes erste Schöpfung war der Himmel (Universum) und eine Erde, die wüst und öde und mit Wasser bedeckt war. Darüber befindet sich schwebend der Geist Gottes, so fängt die Bibel an (1. Mose Kapitel 1).

Kennt man die Bibel etwas besser, dann weiß man durch Sprüche 8, 22 31 dass bei der Schöpfung bei Gott die Weisheit in Gestalt eines spielenden Kindes war. In Hebräer 1 Vers 2 lesen wir:

... hat er am letzten in diesen Tagen zu uns geredet durch den Sohn, welchen er gesetzt hat zum Erben über alles, durch welchen er auch die Welt gemacht hat;

und in Kolosser 1 Vers 15 und 16 erfährt man außerdem über Jesus:

... welcher ist das Ebenbild des unsichtbaren Gottes, der Erstgeborene vor allen Kreaturen. Denn durch ihn ist alles geschaffen, was im Himmel und auf Erden ist, das Sichtbare und Unsichtbare, es seien Throne oder Herrschaften oder Fürstentümer oder Obrigkeiten; es ist alles durch ihn und zu ihm geschaffen.

Ebenso liest man in Johannes 1, 1-3 etwas vom Wort Gottes, das am Anfang war, durch das alles wurde und Jesus wird dort als das Wort Gottes vorgestellt, das Mensch wurde. Der geografische Ort dieser Menschwerdung ist ebenso bekannt wie die Zeit. In Matthäus 28 Vers 19 gibt der Sohn Gottes, der auferstandene Jesus, seinen Jüngern den Auftrag *im Namen des Vaters und des Sohnes und des Heiligen Geistes* seine Nachfolger zu taufen.

Gott ist Gott als Vater, Gott als Sohn Jesus Christus und Gott als Heiliger Geist.

Jesus, der Sohn Gottes, sitzt zur Rechten Gottes im Himmel. Gott ist als Heiliger Geist hier bei und in uns wirksam! Die weltweit entstandene und im Entstehen begriffene Gemeinde ist das sichtbare Zeichen seines Wirkens.

Das Bild einer menschlichen Figur, die wie Lilienthal, Benz oder sonst ein Ingenieur an seinen Geschöpfen bis zur optimalen Fertigstellung gebastelt hat, hat nichts mit dem allmächtigen Gott zu tun. Diese Vorstellung passt zwar zum Werdegang von menschlichen Erfindungen, aber nicht zu dem, was uns Gott durch sein Wort über sich offenbart.

Aus der Bibel weiß man auch, dass Gott über himmlische Heerscharen von Engeln verfügt, von deren Gesang für die Hirten zuletzt bei der Geburt Jesu in Bethlehem zu lesen ist. Auch erfährt man beim Studium der Bibel, dass es unter den Engeln den schönen Engel Luzifer gab, der es liebte, mit Edelsteinen zu spielen (Hes. 28, 14 - 17). Er wollte

Gott gleich sein, doch dieser überhebliche Wunsch stürzte ihn aus seiner bevorzugten Stellung bei Gott. Aber seinen Führungsanspruch hat er beibehalten und den übt er seitdem bis in unsere Tage als Gottes Gegenspieler aus. Mit sich zog er eine ganze Schar von Anhängern hinter sich her. So muss es nicht überraschen, dass wir bald nach der Erschaffung der Welt erfahren, dass es Luzifer, dem Teufel, Satan, in Gestalt einer sprechenden Schlange gelang das Vertrauen der ersten Menschen Adam und Eva in Gott zu zerstören.

Lesen wir, wie Gott seine Allmacht demonstriert:

1. Tag: Gott erschuf als erstes das Licht. Licht gehört neben dem Wasser zu einer Voraussetzung für das Leben. Durch Gottes gesprochenes Wort wurde es Licht, von dem Gott sah, dass es gut war. Lichtstrahlen werden für uns erkennbar, wenn sie durch ein Loch in der Wolkendecke fallen. Aber dass diese Strahlen elektromagnetisch sind, aus Wellen und Quanten bestehen, dafür war für uns erst die Information durch Physiker mit ihrer wissenschaftlichen Arbeit im Laufe der Jahrhunderte notwendig. Erst nach der Sintflut gab Gott den Menschen den Regenbogen, in dem sie die sieben Spektralfarben des Lichts so wunderbar angeordnet sehen (**r**ot, **o**range, **g**elb, **g**rün, **b**lau, **i**ndigo, **v**iolett – Tines schulisch erlerntes Merkwort

dazu: Roggbiv), wie er auch für uns immer ein erhebender Anblick ist. Dass beim doppelten Regenbogen die Farben umgekehrt angeordnet sind, konnte ich kürzlich bei einer langen Busfahrt feststellen. Da durch Gottes Wort sofort ein Tag mit Licht und eine Nacht mit Finsternis entstanden sind, müssen wir auf eine Lichtquelle und eine sich drehende Erde schließen, denn nur so konnte es Abend und Morgen werden, erster Tag.

2. Tag: Scheidung der Wasser, wodurch unser Schutzraum mit der Atmosphäre entstand. Wissenschaftlich sind wir heute darüber informiert, dass Wasser aus Molekülen mit ungewöhnlichen Eigenschaften besteht, die in ihrer flüssigen Form erst das Leben ermöglichen. Sie können sich zu schönen symmetrischen Schneeflocken sechsstrahlig in den Wolken formen, bei Frost sich nicht zusammenziehen und so durch ihre Ausdehnung eine Glasflasche zerbersten lassen oder die gasförmig verdampfen können, Nebel und Wolken bildend. Auch auf die Erscheinungsformen von Tau und Reif lenkt Gott unsere Aufmerksamkeit im Buch Hiob. Gottes Wort bewirkte diese Scheidung des vorhandenen Wassers, so dass eine sogenannte *Feste, Ausdehnung* oder *Wölbung* (je nach Bibelübersetzung) gebildet wurde. Bis zur Sintflut wurde darin so viel Wasser bereitgehalten, dass es

40 Tage regnen konnte. Inzwischen wäre weltweit eine solch lange Regenzeit nicht mehr möglich. Dass in dieser anderen vorsintflutlichen Atmosphäre weltweit tropische Gewächse gediehen, belegen entsprechende Funde.

Stellt man sich den Umfang dieses etwa 80 Kilometer dicken Mantels unserer Atmosphäre rund um die Erde vor, dann lässt sich das Bild einer *Ausdehnung* gut damit verbinden. Durch die Erklärung in der Elberfelder Bibel erfährt man, dass das hebräisch verwendete Wort von einer gehämmerten Platte oder Schale spricht. Dazu passt nun wiederum das Wort *Feste* sehr gut. Nur wegen dieser Abgrenzung gegen unser beteiligtes Sonnensystem und den gesamten riesigen Weltraum ist das Bild des Raumschiffes für unsere Erde ja auch verwendbar. Wie dramatisch war die Information darüber, als etwa 61 Kilometer über Texas die Weltraumfähre Columbia am 1. Februar 2003 beim Wiedereintritt in die Erdatmosphäre verglühte! Zwar wussten die Wissenschaftler natürlich im Voraus um diese gefährliche Eintrittsphase und hatten sie auch bedacht, doch ein Materialschaden im Hitzeschild führte zu dieser tragischen Katastrophe.

Gott nannte die Feste Himmel. Und wir tun es auch. Diesen Himmel haben wir täglich vor Augen, sei er so strahlend blau wie gerade, von Wolken verhangen oder an manchen Abenden (oder auch Morgen) wunderbar in den herrlichsten Rottönen gefärbt. An diesem zweiten Tag fehlt die Aussage Gottes, dass es gut war. Es wurde wieder Abend und Morgen.

3. Tag: Trennung von Land und Wasser. Am dritten Tag sprach Gott zu dem Wasser unterhalb des Himmels, dass es sich sammle, damit das Trockene sichtbar werde. Das Trockene nannte er Land, das gesammelte Wasser Meer und er sah, dass es gut war. Weiter sprach Gott an diesem dritten Tag, dass das Land junges Grün, Kraut mit Samen, Fruchtbäume, die je nach ihrer Art Früchte mit Samen tragen, hervorbringen solle. Nach *ihrer Art* bedeutet, dass auch heute Äpfel Äpfel und Birnen immer Birnen bleiben – natürlich in vielen verschiedenen Sorten. Ja, alle Pflanzen waren mit Samen versehen, um weitere Generationen hervorzubringen. So geschah es auch und wurde ebenfalls von Gott gut befunden. Darin wuchs alles heran, was an Nährstoffen und Vitaminen speziell für Tiere und Menschen notwendig ist. Erforscht und uns als Wissen vermittelt wurde dieser Zusammenhang aber erst viel später. Auch die Auswirkung der Photosynthese musste erst vom Menschen erforscht werden, um zu verstehen, wie

70

in den Zellen der Pflanzen durch Licht und Chlorophyll Wasser und Kohlenstoffdioxyd in Glukose und Sauerstoff umgewandelt werden kann, was ebenfalls für uns Menschen und die Tierwelt zum Leben so notwendig ist. Seit 1866 ist es durch den tschechischen Mönch Gregor Mendel dokumentiert, dass Züchtungen bei Pflanzen nur innerhalb ihrer Art möglich sind. Sonnenblumen können niemals zu Mohnblumen oder Rosen umgezüchtet werden! Es wurde Abend und Morgen.

4. Tag: Gott erschuf durch sein Wort im Weltraum unser Sonnensystem, das stabil unser Leben durch Jahre, Jahreszeiten, Monate und Tage erhält. An der Feste des Himmels sehen wir die Sonne und den Mond. Überrascht stellte der Astronom Guillermo Gonzalez bei der Beobachtung einer Sonnenfinsternis in Indien fest, wie die Maße des Mondes und der Sonne genau für den Betrachter auf der Erde aufeinander abgestimmt sind. Dabei wurde es möglich, besondere Erkenntnisse über die Sonnenenergie zu gewinnen. Und Gott sah, dass es gut war. Es wurde Abend und Morgen.

5. Tag: Wassertiere (große Seetiere werden extra erwähnt) und fliegende Vögel werden erschaffen, jedes Lebewesen im Wasser oder gefiedert in der Luft nach seiner Art und mit der Fähigkeit sich fortzupflanzen. In meiner Jugend war es eine

beliebte Frage: „Was war zuerst da: Das Ei oder die Henne?" Mit einem Blick in ein Vogelnest wäre dies so leicht zu beantworten gewesen, da die hilflose geschlüpfte Brut nur durch elterliche Versorgung überleben kann. Gott sah diese Tiere, alle nach ihrer Art, er sah, dass es gut war und er segnete sie mit dem Befehl an die Tiere im Wasser und in der Luft, fruchtbar zu sein und sich zu mehren.

6. Tag: Alle Tiere auf dem Land werden erschaffen und als Letzter der Mensch im Bilde Gottes als Mann (kleine Samenzellen bildend) und Frau (große Eizellen bildend). Übrigens sind wir auch als einzige Lebewesen mit so besonderen Kniegelenken ausgestattet, dass wir mit ihnen bequem aufrecht stehen können, wie mir ein Artikel von dem englischen Ingenieur und Dozenten Stuart Burgess ausführlich klar gemacht hat. Jeder einzelne Bestandteil ist dabei zwingend notwendig, damit das Gelenk komplett funktionsfähig ist. Diese nicht reduzierbare Komplexität konnte sich nicht langsam entwickeln (*factum* 6/2000). Der amerikanische Biochemiker Michael J. Behe erklärt anhand einer funktionierenden Mausefalle diese Nichtreduzierbarkeit: Alle notwendigen Teile müssen da sein, können aber nur bei ihrer richtigen Anordnung ihren Zweck erfüllen! Andere Wissenschaftler weisen auf die besondere

Klimaanlage unserer Nase, unsere Augen und Ohren usw. hin. Nun ja, jede Zelle, die Genialität unseres Gehirns, alles am Menschen versetzt Wissenschaftler beim Erforschen in Erstaunen. Von dem Arzt Randy J. Guliuzza ist zu lesen, was für ein Wunder sich in unserem Körper schon bei unserer Geburt vollzogen hat. Damit wir außerhalb des Fruchtwassers zu einem selbständigen Leben befähigt wurden, benötigten wir den komplizierten Vorgang einer völligen Umwandlung unseres Blutkreislaufs, der den Einsatz unserer Lunge möglich machte (*factum* 2/2010). Erschaffen wurden allerdings erwachsene Menschen, Adam und Eva, die Gott segnete und denen er den Auftrag gab, sich zu mehren und er befahl alle Lebewesen ihrer Fürsorge an. Auch alle Landtiere erhielten die Fähigkeit zur Fortpflanzung und den Nachwuchs zu versorgen. Die ganze Schöpfung konnte nur im erwachsenem Zustand ihren Anfang nehmen. Bis zur Sintflut war die Ernährung nur vegetarisch (1. Mose 9, 3). Als Gott an diesem Tag alles ansah, was er gemacht hatte, nannte er es *sehr* gut.

7. Tag: Gott ruhte. Er segnete und heiligte diesen siebten Tag. Mit diesem Ruhetag begann das Leben der Menschen auf der Erde. Für unsere Woche gibt es nur diese ersten sieben Tage als Begründung. Durch den Beitrag des englischen Chemikers Dr.

John Peet in dem Buch *Die Akte Genesis* wurde ich auf diese Besonderheit hingewiesen. Er und Professor Gitt erklären im gleichen Buch in ihren Beiträgen, dass durch die verwendeten Wörter im Urtext erkennbar ist, dass im Schöpfungsbericht über buchstäbliche Tage geschrieben wurde. Tage waren vergangen, die den Hinweis geben, wie notwendig diese Zeitnähe von Anfang an für das Leben mit allen gegenseitigen Abhängigkeiten und Symbiosen ist – dieser einzigen großen Symbiose der Schöpfung.

Nehmen wir alles Wissen zusammen, das uns bekannt und auch erwiesen ist, dann ist dieser Bericht, der vor dreieinhalb Jahrtausenden aufgeschrieben und an uns überliefert wurde, problemlos nachvollziehbar: Wir erfahren, weil auch wir mit Sprache begabt wurden, wie genau alles bedacht wurde für unser Leben auf dieser wunderbaren Erde. Ich bin froh, dass Gott uns über unser Leben nicht ahnungslos lässt.

Paulus weist darauf hin, dass wir

Gottes ewige Kraft und Gottheit seit Erschaffung der Welt bei der Betrachtung seiner Werke deutlich erkennen können (Röm. 1, 20).

Alles, was durch Gottes Worte geschaffen wurde, offenbart eine so überwältigende Weisheit, dass die

Heere von Wissenschaftlern niemals verlegen sein müssen, neue Erkundungsobjekte zu finden. Dabei stellen sie fest,

dass *die Werke Gottes gewaltig sind und erforschbar für alle, die sie lieben,*

genau wie es in Psalm 111 im 2. Vers zu lesen ist. Je genauer die Einblicke sind, desto mehr müssen die Wissenschaftler von Kunst- oder Wunderwerken, Wundern, Tricks, Genialität oder Geniestreichen sprechen. Es ist unangenehm, dass man zu oft aufgefordert wird, *unsichtbare Kleider* zu sehen, wenn all diese Wunder der ‚Natur' zugesprochen werden. Menschen, Tiere, Pflanzen sind zwar diese Natur, die befähigt sind, sich fortzupflanzen, sich aber nicht auch noch selbst hervorbringen konnten. Zur Erinnerung: Es gibt keine Information ohne Informanten, der das Programm dazu verfasst hat!

Jedes Lebewesen besitzt sein bestimmtes Genom, die Summe aller Erbinformationen, das auf die DNS in der Mitte jeder Zelle gespeichert ist. Diese DNS enthält in Form der Gene die grundlegende Instruktion für alle speziellen Lebensvorgänge. Aber die Gleichförmigkeit und Universalität des genetischen Codes in allen Lebewesen zwingt die Wissenschaftler zu der Schlussfolgerung, dass für alle Lebewesen nur die

Möglichkeit einer einzigen Quelle (einen Informanten) bestehen bleibt, worauf John Eccles hinweist.

<u>Aha, ich verstehe</u>: Da alle Lebewesen ihre persönlichen Erbanlagen in ihrem Genom auf solch universellen DNS gespeichert besitzen, muss ich mich nicht mehr darüber wundern, wenn ich von der Verwandtschaft mit einer Banane gelesen habe. Aber mein Erstaunen ist riesengroß, dass dieser winzige schwarze Punkt auf dem Badezimmerboden plötzlich losrennt, weil er durch die gespeicherte Erbinformation auf seiner mit meiner teilidentischen DNS dazu befähigt wurde und auch er dadurch gerade lebendig ist!

Ich bin froh über die Information durch Gottes Wort, dass er die gesamte Natur und ihre Gesetze erschaffen hat. Und ich liebe meine Lebenszeit, in der ich so viele interessante Fakten erfahren und wissen kann.

Doch was ist passiert, dass der unvoreingenommene Blick auf die Realität derart tiefgreifend getrübt werden konnte?

Durch die Bibel ist bekannt, dass das Leben auf der Erde für die Menschen in vertrautem Umgang mit Gott in einem Paradies begann. Alles stellte ihnen Gott zur Verfügung, doch mit einer

Bedingung war ihr Leben verknüpft: Sie durften nicht von dem einen Baum der Erkenntnis essen, denn sonst würden sie sterben. Da Gott sich die Liebe seiner Geschöpfe wünscht, ist dafür die Freiheit ihres Willens eine unbedingt notwendige Voraussetzung. Dies barg allerdings auch die Möglichkeit für die Menschen Adam und Eva, den Worten des Widersacher Gottes zu folgen:

Esst die verbotene Frucht und ihr werdet wie Gott sein.

Und sie aßen. Ihr Misstrauen

sollte Gott gesagt haben…?

war größer als ihr Vertrauen in Gottes Liebe. Damit war die Zeit im Paradies beendet und ihre erste Begegnung mit dem Tod, den Gott als Folge der Übertretung seines Gebotes angekündigt hatte, erlebten sie durch die Ermordung ihres Sohnes Abel durch seinen Bruder Kain.

Zwar werden noch viele Menschen mit Namen in der Bibel aufgeführt, deren Lebensalter bedeutend länger als heute war. (Methusalem erreichte nach 1. Mose 5, 27 mit 969 Jahren von allen das höchste Alter). Aber außer bei Henoch (1. Mos. 5, 24) beendet deshalb jedes Leben der Tod, denn der Tod ist der Sünde Lohn, wie es Paulus im Brief an die Römer im 6. Kapitel Vers 23 ausdrückt. Gott hatte zwar ein Paradies für Menschen mit ewigem Leben erschaffen. Doch sie hatten Gottes Anweisung nicht ernst genommen. Die Aussage Gottes war aber ernst gemeint. Und dies bedeutet auch für uns, dass wir mit den vorher angekündigten, uns bekannten Folgen leben, die auch für jeden von uns den Tod bedeuten.

Doch mit unserem Tod endet Gottes Gedanke an eine Ewigkeit für Menschen nicht. Er bereitete für alle aus bedingungsloser Liebe einen Weg der Errettung zum ewigen Leben vor, den er uns durch das Leben Jesu im Evangelium zeigt! Mit der ganzen Bibel will Gott unser Vertrauen gewinnen und stärken.

<u>Aha, ich verstehe</u>: Durch die Bibel lässt uns Gott wissen, dass ihm darin liegt, uns über die Vergangenheit, die Gegenwart und die Zukunft zu informieren! Aus Liebe wirbt er auf vielfältige Weise darum, dass wir ihm vertrauen und von seiner Liebe überwältigt auch ihn lieben. Die Bedingungen für unsere Errettung bestimmt er souverän.

In allen acht beschriebenen Kapiteln bot sich bisher noch kein Ansatzpunkt (die Theorie vom Urknall ist natürlich ein Versuch) dafür an, eine Schöpfung durch Gott zu bezweifeln. Die ‚*missing links*‘ fehlen weiter, denn mit *Archaeopteryx* und

Quastenflosser lässt sich nicht der Weg vom Regenwurm zur Languste, zum Elefanten und zur Libelle, vom Froschbein zum Bein des Forschers und zum Pferdehuf belegen. Um dafür die dazu nötigen ‚Kleider‘ sehen zu können, muss das geforderte Vertrauen in die Welt der Wissenschaft mit Evolutionstheorie sehr groß sein und das Vertrauen in Gott, christliche Wissenschaftler und in den uns verliehenen Verstand sehr gering werden.

Dass du mich einstimmen lässt in deinen Jubel, o Herr, deiner Engel…

9. Die Sintflut

Der Spruch: ‚Nach mir die Sintflut‘ ist zwar vielen geläufig, aber wird deshalb auch eine weltweite Sintflut als ein reales Weltgeschehen angesehen? Die biblische Beschreibung eines solchen Ereignisses findet man in den Kapiteln sechs bis acht im ersten Buch Mose. Der Berichterstatter Mose lebte 120 Jahre in der Zeit des 15., 14. Jahrhunderts vor Christi Geburt. Das war aber tausende Jahre nach diesem beschriebenen Ereignis. Sein Wissen über die geschichtlichen Vorgänge besaß er aus schriftlichen und mündlichen Überlieferungen seines jüdischen Volkes und auch von Gott selbst. Konnte Mose in den Kapiteln davor Gott als den Schöpfer vorstellen und die Vermehrung der Bevölkerung auf dieser neugeschaffenen Erde, so erfährt man in diesen beiden Kapiteln, dass Gott tief bekümmert ist über die Bosheit der Menschen, so dass er ihre Erschaffung bereut und aus diesem Grund ihre Vernichtung beschließt.

Diese Vorstellung, dass Gott dieses Strafgericht einer Sintflut vorhergesagt und geplant hätte, so wie es immer geglaubt wurde, erregte im 19. Jahrhundert in verschiedenen Köpfen Widerstand. Am effektivsten und eindrücklichsten wandte sich nach dem Schotten James Hutton und neben dem Deutschen Karl Ernst Adolf von Hoff der schottische Rechtsanwalt Charles Lyell (1797-1875) gegen solch eine Dokumentierung eines richtenden Gottes. Er verfasste in den Jahren 1830 – 1833 die drei Bände „Principles of Geology". Darin legte er dar, dass nur Erosion durch Wind, Regen, Hitze, Kälte und lokale Katastrophen, wie sie auch heute bei Vulkanausbrüchen, Erdbeben oder Tsunamis zu beobachten sind, die Erde verändert hätten. Das Prinzip des Aktualismus (englisch Uniformitarianism) liefere die Erklärung für die abgelagerten Erdschichten, ihre Verwerfungen und die unterschiedliche Beschaffenheit der Gesteine.

Doch diese Idee eines allmählichen Vorgangs im Weltgeschehen erforderte bedeutend längere Zeitspannen, als sie die Bibel nahe legt. Deshalb zog die Abschaffung der göttlich bewirkten Sintflut nach sich, dass die Zeitangaben diesem neuen Gedanken angepasst werden mussten. Den ersten Band der Arbeit Lyells bekam Charles Darwin 1831 von dem Kapitän geschenkt, mit dem er fünf Jahre auf der Beagle reiste. Diese Idee einer beliebigen Verschiebung der Zeit in große Ferne von uns, vor die bis dahin allgemein anerkannte Zeitrechnung, fiel bei ihm auf fruchtbaren Boden. Sein Buch *The Origin of Species* erschien 1859, in dem dieses zusätzliche Zeitangebot nun auch biologisch für die Entstehung der Lebewesen genutzt wurde. Und so wurden damals diese unvorstellbar langen Zeiträume ohne Gott und ohne belegbare Geschichte erschaffen, wie sie uns allen schulisch, universitär, museal, medial präsentiert werden.

Vorarbeit dafür war schon durch Immanuel Kant (1724 - 1804) und Voltaire (1694 - 1778) für die *Aufklärung* geleistet worden. Unterstützt von Journalisten und Literaten versuchte man ab dieser Zeit sehr erfolgreich Christen als unaufgeklärt, naiv und abergläubisch einzustufen und nicht in der Lage vorurteilsfrei wissenschaftlich zu arbeiten. Die christliche Vergangenheit wurde als dunkel, unvernünftig, eben naiv abgetan. Christentumsgegner galten im Gegensatz zu den Christen als aufgeklärt. Blaise Pascal, Michael Faraday, Johannes Kepler, Martin Luther vergaß man?

Das Zeitalter der Aufklärung (ein *Konstrukt*, wie es Professor von Wachter, Leiter der Philosophischen Fakultät Liechtensteins, bezeichnet) nahm für sich in Anspruch, dass Gegner des christlichen Glaubens bemerkenswerte Errungenschaften gebracht hätten. Mit dem Hinweis auf Inquisition und Hexenverbrennungen verstellte man den Blick auf die Leistungen des Christentums, die in besonderem Maße seit der Zeit Martin Luthers (1483 – 1546) wirksam wurden. Allerdings hatte es bis zum Westfälischen Frieden 1648 gedauert, bis sich auf Grund der neu geschaffenen gemeinsamen Sprache und der Schulbildung der Kinder ein Volk bilden konnte, in dem der christliche Wert jedes einzelnen Menschen bedeutsam wurde.

Der indische Professor Vishal Mangalwadi erkannte auf dem Hintergrund der Geschichte seines Landes, wie Sprachbarrieren (mit Sanskrit nur für Brahmanen und mit Farsi vor Gericht behielt sich die Oberschicht das Privileg gegenüber den Frauen und dem einfachen Volk vor) ein Gefühl der Zusammengehörigkeit verhindern. Christliche Missionare übersetzten in 17 indischen Sprachen die Bibel, die erste Gemeinsamkeit, die auch in Indien schon Veränderungen bewirkt hat.

Eindrücklich weist Mangalwadi darauf hin, welche Auswirkungen es nach sich zog, dass der Klerus mit grausamer Macht in Frankreich die Lehre der Bibel erfolgreich immer wieder für Menschen mit lateinischer Sprachkenntnis als Privileg reserviert hat: gegen die Waldenser um 1200, die Katharer um 1400, die Hugenotten ab 1530, in der Bartholomäusnacht 1572. Trotz des Leitspruchs *Gleichheit, Freiheit, Brüderlichkeit* endete die Unkenntnis der göttlichen Werte für das Volk bei der französischen Revolution 1795 in einem öffentlich zur Schau gestellten Blutrausch. In England stimmte man zwar zunächst John Wyclifs (1330 - 1384) Erkenntnissen gegen das Papsttum zu, die er durch die Bibel gewonnenen hatte, doch 1428 wurden seine Gebeine ausgegraben und öffentlich verbrannt, um sich machtvoll überzeugend von ihm und seiner Lehre wieder zu distanzieren. William Tyndale (~1494 - 1536) wurde wegen seiner Übersetzung der Bibel in die englische Sprache erwürgt und verbrannt, so wie ja auch das Leben des tschechischen Jan Hus (1370 - 1415) beim Konzil in Konstanz wegen seiner Übersetzung für sein Volk schon über 100 Jahre vorher auf dem Scheiterhaufen endete. Die

Lehre der Bibel sollte unbedingt nur den Menschen mit Kenntnis der lateinischer Sprache vorbehalten bleiben und damit jeweils deren persönlichem Verständnis und ihrer Auslegung und Anwendung. Leicht lässt sich dadurch verstehen, wieso der Christenheit so viele Vorwürfe zu Recht gemacht werden können (z. B. hören wir gerade von den erschütternd grausamen Ereignissen, denen Kinder der indigenen Bevölkerung in Kanada ausgesetzt waren. In der kanadischen Serie *Anne with an E* wurde dieses Vorgehen eindrücklich erschreckend thematisiert). Doch musste dazu immer der Name Gottes missbraucht werden, denn diese Verbrechen haben nichts mit der christlichen Lehre zu tun, nur mit dem menschlichen Streben nach Macht.

Die marxistische Revolution zählt auf jeden Fall zu einer bemerkenswerten Errungenschaft der Aufklärung. Sie setzt sich über die Gebote Gottes *nicht zu stehlen, das Gut des anderen nicht zu begehren* und *nicht zu töten* hinweg. Professor von Wachter weist darauf hin, dass laut Schwarzbuch des Kommunismus rund 100 Millionen Menschen Opfer dieser Ideologie wurden (60 Millionen in China, 35 Millionen in der Sowjetunion, 2 Millionen in Kambodscha, 1 Million in Vietnam, weitere in Afrika und Südamerika und hinter dem eisernen Vorhang). Ich hoffe nur, dass in

Deutschland noch viele davor erschrecken, welche Ungeheuerlichkeiten durch die Missachtung dieser drei göttlichen Gebote im Nationalsozialismus möglich wurden. Mir sitzt das Grauen davor ganz tief. Der Mainzer Professor für Amerikanistik, Manfred Siebald, besingt diese Situation in seinem Lied so: „Es geht ohne Gott in die Dunkelheit, aber mit ihm gehen wir ins Licht. Sind wir ohne Gott, macht die Angst sich breit, aber mit ihm fürchten wir uns nicht."

Weniger bedrohlich scheint ja die andere bemerkenswerte Errungenschaft der Aufklärung zu sein, dass die von Lyell geologisch erforderten langen Zeiten als wissenschaftlich gesichert gelten und danach auch im biologischen Bereich von Darwin für die Evolution angenommen wurden, wie wir sie nun alle kennen. Ein unvorstellbarer Zeitraum, der angefüllt ist mit unvorstellbaren Vorgängen!

Da nicht nur mir Argumente gegen diese neue Theorie fehlten, wurden die Predigten in den Kirchen und der Lehrstoff in Schulen und Universitäten entsprechend angepasst. Die biblischen Angaben wurden als unwissenschaftlich abgetan. Wusste man zwar noch, dass die Verwandlung eines Frosches in einem Augenblick in einen Prinzen in den Bereich des Märchens gehört, so war man nun bereit, der Verwandlung eines Frosches in einen Prinzen in einem langen Zeitraum als Wissenschaft Glauben zu schenken (nach dem Paläontologen Duane T. Gish). Oder wie Chesterton (1874 - 1936) fand: „Wer aufhört an Gott zu glauben, glaubt nicht an gar nichts, sondern an alles."

Hatten Menschen diese veränderte Sicht auf die Erde und die Schöpfung bewirkt, so sind es auch Menschen, die mit wissenschaftlichen Mitteln den Weg zurück zur Bibel weisen konnten. Der Artikel über „Mr. Sintflut" im September 2000 in der Zeitschrift *factum* konnte meine geologische Unwissenheit erhellen. Vorgestellt wurde unter diesem Namen der amerikanische Professor John Whitcomb (vielen wurde er durch die DVD *Gott der Wunder* als Moderator bekannt). Er lehrte Theologie, nachdem er erst Paläontologie und historische Geologie studiert und über Antike und Europäische Geschichte promoviert hatte. Der Hydraulikprofessor Henry Morris regte ihn dazu an, sich mit der katastrophalen Kraft von Wassermassen zu befassen. Gemeinsam verfassten sie in der Folge das Buch „Die Sintflut", das 1961 auf den Markt kam. Dadurch erhielten Menschen durch die Wissenschaft die Bestätigung für ihren Glauben an die beschriebenen Ereignisse in der Bibel. Diese

Veröffentlichung wurde mit sehr großem Interesse aufgenommen.

So entstand erst in Amerika eine Gegenbewegung zur Lehre der Evolution, wodurch es seit dieser Zeit die Wissenschaftler gibt, die wegen ihrem Glauben an eine Schöpfung (creatio) Kreationisten genannt werden. Sie unterscheiden sich bei ihren wissenschaftlichen Arbeiten in verschiedenen Disziplinen dadurch, dass sie bei ihren Forschungen Gott nicht voreingenommen ausschließen und nicht die Worte von Herrn Lyell und Darwin und deren Schülern als Grundlage benützen. 1975 erschien das Buch über die Sintflut auch in deutscher Sprache. Im deutschsprachigen Raum wurde als Reaktion darauf 1979 die Studiengemeinschaft *Wort und Wissen* gegründet und seit 1980 erscheint die Zeitschrift *factum* in der Schweiz durch Bruno Schwengeler. Seit dieser Zeit kann man also Veröffentlichungen von christlichen Wissenschaftlern finden, wie sie mir nun ja schon bereits durch Wilder Smith, Werner Gitt und andere begegnet sind.

In Amerika gibt es im Westen des Landes ein Gebiet, in dem die Wirkung von Flutmassen ganz deutlich erkennbar ist, am Lake Missoula. In Deutschland erlebten im Sommer 2021 die Menschen im Ahrtal die zerstörerische Macht von

Wassermassen, 134 Menschen fanden dabei den Tod. Bei der weltweiten Sintflut jedoch hatten sich für 40 Tage die Brunnen der Tiefe und die Schleusen des Himmels geöffnet, so dass die ganze Erde mit den Gipfeln der Berge mit Wasser bedeckt wurde. Es dauerte über ein Jahr, bis das Wasser so weit gesunken war und die Erde auch wieder betreten werden konnte. Da Noah sich durch Gott gerettet wusste, baute er einen Altar und opferte ihm zum Dank.

Wenn man die Zuverlässigkeit der Bibel im Bezug auf die Sintflut wieder gezeigt bekommen hat, dann bekommt nämlich auch die Arche Noah wieder ihren Sinn. Gott hatte 120 Jahre vor der Sintflut diese Katastrophe angekündigt. In dieser Zeit konnte Noah (der Enkel Methusalems), der Gnade in den Augen Gottes gefunden hatte, nach Gottes Angaben die rettende Arche erbauen. Noch heute wird davon gesungen: *Noah found Grace in the Eyes of the Lord!* Es war also auch in dieser Zeit möglich, von Gottes Plänen etwas zu wissen und Gott ernst zu nehmen. Gott gab Noah eine genaue Bauanleitung, die wir nach einer Sintflut und Tausenden von Jahren in der Bibel noch staunend nachlesen können. Deshalb weiß man, dass es bis 1850 kein Schiff gab, das größer als die Arche war, wie es Herr Professor Gitt in seiner Schrift *Das seltsamste Schiff der Weltgeschichte* angibt. So haben zwei Brüder 2009 diese biblischen Angaben nicht nur gelesen, sondern ließen danach eine Arche in Hongkong mit großem Geld- und Zeitaufwand auf einer Insel bauen! Ebenso ist seit 2012 eine Arche im Meer liegend in Holland zu besuchen (dort gibt es sogar noch eine Arche in kleinerem Maßstab, die schon nach Köln, Hamburg und Flensburg auf dem Wasserweg geschleppt werden konnte). Und seit 2016 gibt es noch eine Arche in Amerika, in Kentucky. Da sie auf dem Land liegt, beeindrucken ihre Ausmaße Anreisende besonders. So sah sie ja aber auch im Original nach ihrer Fertigstellung aus! Außer Noah mit seinen drei Söhnen Sem, Ham und Japhet und ihren Frauen und einer angegebenen Anzahl von Tieren in dieser Arche konnte kein Landlebewesen diese Flut überleben. Alle anderen Menschen hatten keine Gnade in Gottes Augen gefunden. Unter den neuen klimatischen Verhältnissen wurde der erste Regenbogen möglich, den Gott als Zeichen mit dem Versprechen setzte, dass die Erde nicht mehr eine solche Flut erleben soll. Auch durfte ab dieser Zeit Fleisch gegessen werden. Allerdings nur von geschlachteten, nicht von verendeten Tieren.

Unter den Namen der Söhne Japhets fällt mir nur der Name Magog (1. Mos. 10, 2) auf, der auch in

Hes. 38 und in Offenb. 20,8 wieder zu finden ist. Von den Namen der Söhne und Nachkommen von Ham ist Kanaan bekannt und Nimrod hinterließ deutliche Spuren. Er war der erste Gewaltherrscher auf Erden und ein gewaltiger Jäger vor dem Herrn. Unter anderem gehen die Städte Babel und Ninive auf ihn zurück. Von den Söhnen Sems steht im ersten Buch Mose im zehnten Kapitel im 25. Vers zu lesen: ‚Eber zeugte zwei Söhne. Einer hieß Peleg, darum dass zu seiner Zeit die Welt zerteilt ward...‘ So nebenher unterrichtet uns die Bibel über dieses weltbewegende Ereignis, wie die Erdteile auseinander drifteten, was ja auch von jedem Blick auf eine Weltkarte sehr anschaulich unterstützt wird. Noah baute noch in seinen nächsten 350 Lebensjahren Wein an und war ein Ackermann.

Die umwälzenden klimatischen Veränderungen führten zu einer Eiszeit. Von Geologen werden weltweit tropische Spuren unter denen einer schnell eingetretenen Eiszeit gefunden. Dadurch wurde der Fund eines konservierten jungen Mammuts mitsamt Fell und Heu im Magen möglich. Menschen suchten in Höhlen Schutz, wovon berühmte Spuren zeugen. Im Buch Hiob ist noch von so einer wenig beruhigten Zeit zu lesen, die sich von unserer Zeit unterscheidet. Schnee, Eis und Kälte gehörten zu dem beschriebenen Leben. Bei Hiob finden wir auch die Beschreibung von den letzten Sauriern im Kapitel 40, ab Vers 10 – Kapitel 41 Vers 25. Fälschlich wurden sie als Flusspferd und Krokodil (andere Übersetzungen benutzen die Namen Behemot und Leviatan) bezeichnet, da die tatsächlichen Lebewesen den Übersetzern nicht mehr bekannt waren. Auch wir können sie uns ja erst durch spätere Funde und Rekonstruktionen vorstellen. Jetzt verstehe ich auch, weshalb da noch so tapfere Drachentöter wie der Heilige Georg notwendig waren! Die Nahrungsmittel für Dinosaurier waren ja knapp geworden, die vor der Sintflut so reichlich vorhanden waren.

Gott fragt Hiob in den Kapiteln 38 bis 41, wo er denn war, als er, Gott, die Welt und die Lebewesen erschaffen hat. Hat er ihn beraten? Solche detaillierte Informationen, wie sie in diesen Kapiteln zu lesen sind, sind außergewöhnlich!

Wodurch können wir neben den fünf Teilen der einstigen ungeteilten Erde noch deutliche Hinweise auf diese Riesenkatastrophe registrieren? Im Bregenzerwald in Österreich wurde ein ganzer Bergstock, die Kanisfluh, zwischen Berge mit anderem Gestein versetzt. Den Wassermassen ist da etwas so besonderes gelungen, dass es die Menschen heute unter Landschaftsschutz gestellt haben und sich mit Sagen darüber Erklärungen dafür zurechtlegten. Nachdem für mich endlich auch diese biblische Geschichte zu einer realen Information über eine globale Flut geworden ist, hilft mir dies ganz speziell Gegebenheiten in meiner Nähe einzuordnen. Nun verstehe ich, warum man uns auf dem Schulausflug nördlich von Neuburg bei Hütting durch das Donauurstromtal führen konnte und wir auf der Donau von Weltenburg nach Kehlheim durch den Donaudurchbruch fahren konnten (später erlebte ich sogar noch die eindrückliche Fahrt auf der Donau durch das *Eiserne Tor*). Auch das Urmeer mit seinen gefundenen Versteinerungen im Jura um Eichstätt (Archaeopteryx fand darin sein Ende) bekam nun für mich einen Sinn. Doch wie Versteinerungen möglich werden, verdeutlichte mir erst das Bild eines versteinerten Fisches, der gerade dabei war einen kleineren Fisch zu verschlucken (in dem Buch *So entstand die Erde*). Man findet also nicht friedlich gestorbene Fische versteinert in unseren Gewässern, sondern nur durch eine plötzliche Katastrophe eingeschlossene Lebewesen.

Die fossilen Brennstoffe wie Kohle, Erdgas und Erdöl sind die Spuren einst lebender Pflanzen und Kreaturen, die ohne eine Sintflut nicht hätten entstehen können (in kleinerem Rahmen ist heute allerdings die Entstehung von Kohle in überschaubar schneller Zeit beobachtet worden)! Stein- und Braunkohle- Flöze sind deshalb im Ruhrgebiet und der Lausitz in unserem Land zu finden, Öl in Amerika und im Nahen Osten und Gas in Russland! In Südafrika baut man in Minen bei Johannesburg Gold ab, aus dem großen Loch in Kimberley konnte man jahrelang viele Diamanten zu Tage fördern und in Nababip in Namaqualand wurde mir die Gewinnung von Kupfer im Tagebau aus einer Kupfermine bis zu den gegossenen Kupferbarren gezeigt. Bei uns zeugen die vielen stillgelegten Bergwerke im Erzgebirge und das Salzbergwerk in Berchtesgaden von all den erstaunlich unterschiedlichen abgelagerten Funden in unserer Erde. In Island befördern Geysire heißes Wasser an die Erdoberfläche und nicht nur unter Unterschleißheim kann heißes Wasser in großer Tiefe gefunden und genutzt werden. Auf der Insel Lipari wird Bimsstein abgebaut, wie ich ihn weiß schwimmend im blauen Meer sehen konnte, auf der Nachbarinsel Stromboli bestieg ich den einzigen Vulkan Europas, der regelmäßig alle 15 Minuten Feuer spuckt und Schwefelgerüche verströmt, wie sie mir auch auf der Insel Vulcano am Strand unangenehm in die Nase stiegen. Das chemische Element Lithium, das aus Mineralien gewonnen werden kann, zeigt mir, wie wenig ich von der Erde und all ihren Schätzen verstehe. Gut, dass meine Füße den Unterschied vom weichen Sand von Usedom und dem gröberen auf Sylt spüren können. Sand finden wir auch an den Stränden der Riviera und an der italienischen Adria, doch an kroatischen Küsten fehlt er! Wie spannend und interessant ist unsere Welt!

Werden im Grand Canyon die abgelagerten Sedimentschichten als Beleg für Millionen bis Milliarden von Jahren betrachtet und als Erklärung für eine alte Erde genutzt, so gilt der Untergrund von Granit und Gneis der Städte Helsinki und Stockholm eher als Beleg dafür, dass nicht nur der Weltraum unerforschbar bleiben wird, sondern auch die Erde. Jer. 31, 37:

So spricht der Herr: Nur wenn die Himmel droben abgemessen und unten die Grundfesten der Erde erforscht werden könnten, dann könnte auch ich die ganze Nachkommenschaft Israels verwerfen für all das, was sie getan haben - Spruch des Herrn (Einheitsübersetzung).

Wie bei der begrenzten Möglichkeit beim Erforschen des Weltalls lässt uns Gott wissen, dass der Mensch bei seinen Erforschungen der Erde ebenso an unüberwindliche Grenzen stößt. Die Zeitangaben über das Universum und über das Alter unserer Erde sind aber die beiden Säulen, auf die sich die Evolutionstheorie bei ihren Altersangaben stützt. Damit fordern sie, dass wir etwas sehen oder verstehen sollen, was aber gar nicht zu sehen oder zu verstehen ist, eben diese ominösen *neuen Kleider* des *Kaisers*. Gottes Vorhersage durch Jeremia erweist sich aber als zuverlässig. So wie sie es auch mit seinem Volk ist. Im Gegensatz zu uns Laien, die mit diesen so allgemein angeführten Jahresangaben überfordert sind, ist Gott in der Lage sich dazu zu äußern. Er tut es im 2. Psalm:

... warum ersinnen die Nationen nichtige Pläne? ... die Großen tun sich zusammen gegen den HERRN und seinen Gesalbten ... Er, der im Himmel thront, lacht, der HERR verspottet sie.

<u>Aha, ich verstehe</u>: Schenkt man aus ahnungsloser Hilflosigkeit (oder soll ich es hilflose Ahnungslosigkeit nennen) und mangelndem Vertrauen in Gott der Evolution ohne Sintflut und ohne die von Noah zur Rettung gebaute Arche Glauben, dann muss man sich mit dem Produkt eines Gottes, der durch menschliche Gedanken erschaffenen wurde, oder menschlichen Angaben über die Fähigkeiten des Zufalls begnügen.

Viel lieber singe ich da wieder mit in dem Lied: *Dass du mich einstimmen lässt in deinen Jubel, o Herr, deiner Engel...*

10. Das jüdische Volk

In Johannes 4 Vers 22 sagt Jesus zur Samariterin am Brunnen „… denn das Heil kommt von den Juden."

Im 1. Buch Mose Kapitel 11 kann man den Turmbau zu Babel (91m mal 91m mal 91m) nachlesen: Dadurch wollten die Menschen sich selbst in dieser Stadt einen Namen machen, weshalb Gott ihre Sprache so verwirrte, dass sie sich nicht mehr verstehen konnten und sich in alle Länder zerstreuten. Und in diesem Kapitel taucht als Nachkomme Sems Tharah auf, der mit seinem Sohn Abram, dessen Frau Sarai und seinem Enkel Lot aus Ur in Chaldäa nach Haran zog, wo er auch starb. Damit bin ich angekommen in der Geschichte des Volkes Israel, durch das wir die Bibel überliefert bekommen haben. Und das jüdische Volk lebt nicht wie wir im Jahr 2022 *nach der Geburt Christi*, sondern seit dem Herbst dieses Jahres bis zum nächsten Herbst im Jahr 5783 *nach Erschaffung der Welt*. Diese Jahre mit Geschichtsdaten zu füllen, gelingt je nach Interesse und Wissensstand mehr oder weniger gut. Für die gesamten Angaben über eine Zeit davor fehlt jeder geschichtliche Anhaltspunkt. Durch dieses Volk erfahren wir ,so hohe geistige Ideen, die mit der Zeit für die Welt erloschen und verloren gewesen wären, wenn sie nicht von den alten Weisen und Propheten unter einer sinnlichen Hülle öffentlich vor die Augen gebracht und beständig gehalten worden wären.' Hier zitiere ich Matthias Claudius. Die hohen geistigen Ideen sprechen von ‚himmlischen Gütern; von einer unsichtbaren Befleckung und einem geistlichen Fall, die geschehen waren; von unsichtbarer Reinigung und einem Wiederhersteller, der versprochen war und zu seiner Zeit kommen werde etc.'...

Mit Abram und Sarai beginnt die Geschichte Israels. Dieses Volk erwählte sich Gott also als Werkzeug für die Überlieferung und Erhalt der Heiligen Schriften. Gott lässt uns aber auch wissen, dass er selbst für den Inhalt verantwortlich ist (2.Timotheus 3, 16; 2.Petrus 1, 19 – 21). Abraham lebte hunderte Jahre nach der Sintflut und hunderte Jahre vor Mose.

Die Erwählung und Entstehung des Volkes Israel beginnt also mit Abraham. Gott spricht zu dem 75 Jahre alten Abram, er solle von Haran, wohin er aus Ur zusammen mit seinem Vater gezogen war, in ein Land gehen, das er ihm zeigen werde. Von Anfang an erfahre ich da, dass Gott mit Abraham gesprochen hat und sein Handeln nicht dessen eigener Idee entspringt. In verschiedener Form hat Gott mit Abraham Kontakt aufgenommen. Gott verheißt Abram, dass er ihn zu einem großen Volk machen werde. Er werde ihn segnen, Abraham selbst sollte ein Segen sein, wer ihn segnet sei gesegnet und wer ihn verflucht, der sei verflucht.

Ja, die Verheißung gilt sogar bis in unsere Tage: In ihm sollen gesegnet werden alle Geschlechter der Erde (1. Mose 12, 1-3)!

Abram zieht mit Sarai und seinem Neffen Lot und seiner ganzen Habe in das Land Kanaan. Er kam als Fremder in das Land der Kanaaniter, aber Gott sagte ihm zu, dass er seinen Nachkommen dieses Land geben will (1. Mose 12, 7). Seine Verbundenheit mit Gott zeigt sich durch erbaute Altäre und seine Gebete zu Gott. Als er mit seiner Aufsehen erregend schönen Frau nach Ägypten zieht, erlebt er unerwartete Bewahrung. Auch bei der Kriegsführung zur Errettung Lots segnet ihn Gott. Lot hatte sich von Abram getrennt und war mit seinen Herden in das fruchtbare Jordantal von Sodom gezogen. Dabei hat Gott Abram seine Zusage über den Besitz Kanaans erneuert, sogar auf ewig (1. Mose 13, 15). Nach dem Kampf kommt ihm Melchisedek, der König von Salem, mit Brot und Wein entgegen. Er wird als ein Priester Gottes, des Höchsten, vorgestellt. Ihm gab Abram den

Zehnten der Kriegsbeute. Drei Mitkämpfer bekommen ihren Anteil, er selbst behält nichts, sondern gibt alles dem König von Sodom zurück. Danach geschah (1. Mose 15) das Wort des Herrn zu Abram im Traum und ihm wird gesagt, dass sein Same so zahlreich wie die Sterne sein werde und das, obwohl er zu dem Zeitpunkt noch keinen Nachkommen hat. Er glaubt der Zusage Gottes, was ihm als Gerechtigkeit angerechnet wurde. Da er auch das Land besitzen soll, bittet Abram um ein Zeichen. Dazu musste er eine dreijährige Kuh, eine dreijährige Ziege, einen dreijährigen Widder, eine Turteltaube und eine junge Taube bringen. Wie es für ein Abkommen üblich war, zerteilte Abram die Tiere, ausgenommen die Vögel, in zwei Hälften, die er gegenüber legte. Nachdem Abram die Angriffe von Raubvögeln abgewehrt hatte, überfiel Abram in der Dämmerung tiefer Schlaf, mit Schreck und Finsternis. In diesem Zustand erfährt er etwas über das zukünftige Schicksal des Volkes, das aus seinem Samen entstehen wird: Es wird in der Fremde leben, wo es zu Sklavendiensten gezwungen wird, von wo es mit reichem Besitz wegziehen wird. Ihm selbst, Abram, sagt Gott, dass er in hohem Alter in Frieden sterben und begraben wird. Nach vier Generationen wird seinen befreiten Nachkommen das verheißene Land gegeben werden, nachdem sich die Schuld der

Amoriter in vollem Maß erfüllt haben wird. Bei völliger Dunkelheit sieht Abram einen Feuerofen wie eine brennende Fackel zwischen den Tieren hindurch fahren. Gott band sich einseitig an die Zusage mit Abram, dass er ihm das Land geben würde, ohne es mit einer Bedingung zu verknüpfen.

Auf das Geheiß von Sarai zeugt Abram mit ihrer Magd Hagar einen Sohn, bei dessen Geburt er 86 Jahre alt war. Ihm gibt er den Namen Ismael. Doch Hagar erfährt die Eifersucht ihrer Herrin, aber sie erlebt auch, dass Gott ein Gott ist, der sie ansieht (1. Mose 16, 13).

13 Jahre später kommt Gott zu Abram in einer Gestalt, die ihn zu Boden wirft und spricht wieder mit ihm. Er verheißt ihm, dass er der Stammvater vieler Völker werden wird, dass er ihm das Land Kanaan geben wird und dass dieser Bund nie aufgehoben werden kann. Er erhält nun von Gott den Namen Abraham und Sarais Name wird in Sara geändert. Ein Sohn wird ihr dabei vorhergesagt, worüber Abraham im Stillen lacht. Abraham muss nun aber für diesen Bund auch eine Bedingung erfüllen, die ihm sehr nah kommt: Er und alle männlichen Mitglieder seines Hauses müssen als Zeichen der Zugehörigkeit beschnitten werden. Gott kehrt in den Himmel zurück und die Beschneidung

wird an diesem Tag an Abraham, seinem Sohn Ismael und allen die bei ihm wohnten, vollzogen.

Bald darauf kam der Herr in Gestalt von drei Männern wieder zu Abraham. Sie aßen dort und sagten voraus, dass Abraham und Sara in einem Jahr einen Sohn haben würden. Diese Nachricht belächelte nun Sara im Stillen in Anbetracht ihres Alters. Sie erschrickt darüber, dass dies trotz aller Heimlichkeit angesprochen wird und leugnet ihr Lachen. Abraham geht mit den drei Männern, die sich auf den Weg zu Lot in Sodom machen. Wegen der zugedachten Erwählung weiht der Herr Abraham in seine Gedanken über die geplante Vernichtung von Sodom und Gomorra ein. Die anderen zwei Männer gehen weiter in Richtung Sodom. Sechsmal bittet Abraham für die Verschonung Sodoms, falls sich 50, 45, 40, 30, 20 oder auch nur 10 gerechte Menschen in dieser Stadt befinden, die ihm der Herr auch sechsmal zugesteht. Dann trennen sich ihre Wege. Doch findet Gott keine 10 Gerechte in der Stadt, so dass Sodom und Gomorra durch Feuer und Schwefel ausgelöscht werden. Nur Lot und seine beiden Töchter werden durch ihre Flucht von den Engeln davor bewahrt. Lots Frau erstarrt durch ihren zögernden Rückblick zur Salzsäule. Heute finden wir im ehemals fruchtbaren Jordantal an dieser Stelle das Tote Meer.

Noch einmal gibt Abraham seine wohl noch immer schöne Frau Sara als seine Schwester aus, auf die der Philisterkönig Abimelech aufmerksam wurde und deshalb zu sich nahm. Wieder trifft die Strafe den König und sein Haus trotz dessen Unschuld und Sara wird nicht nur mit Silber beschenkt zurückgegeben. Der Herr hielt sein Versprechen, das er Sara gegeben hatte und sie bekam einen Sohn, den der 100 jährige Abraham Isaak (Gelächter) nannte. Am achten Tag wurde er beschnitten. Auch heute findet am achten Tag an jüdischen Knaben die Beschneidung statt. So außergewöhnlich begann die Geschichte Israels, denn niemand konnte sich vorstellen, dass Sara in ihrem Alter von 90 Jahren noch Mutter von einem Sohn werden konnte. Auf ihn hatte Abraham in großer Geduld Jahrzehnte warten müssen.

Nach ein paar Jahren wurde Sara zornig über Ismael, weil er sich über ihren Sohn Isaak lustig gemacht hat. Sie verlangt von Abraham, dass er Ismael und Hagar wegschickten soll. Dies ist gegen seinen Willen, aber Gott unterstützt Saras Wunsch.

Abimelech erkennt, dass Gott Abraham alles gelingen lässt und bittet ihn, da er ihm ja auch nur Gutes getan hat, mit ihm einen Vertrag zu beschwören, was sie dann auch gemeinsam an einem Brunnen in Beerscheba tun.

Nach einigen Jahren, in denen Abraham schon so viele Begegnungen mit Gott gehabt hatte, sagt ihm Gott, dass er seinen Sohn Isaak nehmen solle, ihn töten und ihm opfern solle! Ohne Zögern hackt Abraham am nächsten Morgen Holz und macht sich mit dem Brennholz auf einem Esel, einem Messer, seinem Sohn und zwei Knechten drei Tage lang auf den Weg zu dem angegebenen Ziel. Die letzte Etappe der Bergbesteigung geht er allein mit dem Holz, Feuer, Messer und seinem Sohn. Isaak fragt ihn nach dem Opfertier. Dafür würde Gott schon sorgen. Dann baut Abraham den Altar, legt das Feuerholz darauf, fesselt seinen Sohn, legt ihn darauf und nimmt das Messer in die Hand. Doch da ruft der Engel des Herrn vom Himmel zweimal Abrahams Namen. Er reagiert sofort und erhält die Anweisung das Messer aus der Hand zu legen. Er findet einen Schafbock, den er nun opfert. Der Engel sagt Abraham noch, dass Gott ihn wegen seines Gehorsams mit unzähligen Nachkommen beschenken wird, die ihre Feinde besiegen werden. Alle Völker der Erde werden Gott bitten, sie so zu segnen, wie er ihn gesegnet hat. Danach ging Abraham wieder zurück nach Beerscheba.

Diese zutiefst erschütternde Geschichte der beinah Opferung des Isaak findet auf dem Berg Morija statt, dem Ort wo Salomon später den

Tempel in Jerusalem baute. Diese Geschichte hat mich wohl das erste Mal in meinem Leben als Kind eine schlaflose Nacht gekostet: Das eigene Kind opfern – es erschreckte mich zutiefst und war einfach unvorstellbar! Meine damaligen Überlegungen fanden endlich ihre Lösung in dem Vertrauen darauf, dass Gott uns ja liebt und mit dieser sicheren Gewissheit fürchtete ich mich nicht mehr vor seinem Willen. Ich sehe heute aber auch noch darin, wie notwendig die große Verbundenheit und Vertrautheit über Jahrzehnte zwischen Gott und Abraham als Voraussetzung dafür war. Ebenso erkenne ich in diesem Bericht, wie Gott uns damit hineinfühlen lässt in das erschütterte Herz eines Vaters, der den Tod seines Sohnes herbeiführen soll. Und wir dürfen wissen, dass Gott dieses Opfer aber tatsächlich von keinem Menschen, sondern 2000 Jahre später von sich selbst forderte. An jenem Ort, dem Berg Morija in Jerusalem, opferte sich sein Sohn selbst zu unsrer Rettung!

Aber nun zurück in die Zeit von Sara. Mit 127 Jahren stirbt sie und ihre Grabstelle bleibt der einzige Besitz für Abraham in dem Land, das Gott ihm und seinen Nachkommen verheißen hat. Abraham heiratet Ketura und bekommt mit ihr noch viele Söhne. Mit 175 Jahren stirbt er, nachdem er noch für eine Frau aus seinem Heimatland für Isaak gesorgt hatte. Rebekka war ihr Name.

Isaak heiratete Rebekka und wurde der Vater von den Zwillingen Jakob und Esau. Wie es Jakob durch List und Täuschung gelang den väterlichen Segen zu erhalten und deshalb aus Angst aus seiner Heimat fliehen musste, ist im ersten Buch Mose weiter beschrieben. Bei seinem Onkel Laban findet er seine Frauen Rahel und Lea und zeugt mit ihnen und deren Mägden seine zwölf Söhne. Auf dem Rückweg zusammen mit seiner Patchwork- Familie in seine Heimat viele Jahre später, kämpft er mit Gott, wird dabei an der Hüfte verletzt und erhält danach den neuen Namen Israel. Seine Söhne werden die zwölf Stammväter des Volkes Israel. Wie sein Sohn Josef, der von seinen Brüdern nach Ägypten verkauft wird, zum Retter in Hungersnot wird und wie dadurch im Exil das ganze Volk Israel entstand, ist im ersten Buch Mose zu lesen, weshalb es auch den Namen *Genesis* trägt.

Im zweiten Buch Mose ist die Geschichte von Mose (um 1500 v. Chr.) zu lesen und wie er das Volk Israel aus der Gefangenschaft aus Ägypten führt, weshalb dieses Buch auch den Namen *Exodus* (Auszug) trägt. Darin sind im 20. Kapitel auch die zehn Gebote zu finden, die Mose direkt aus Gottes Hand erhält. Gott spricht in ihnen das Volk ganz persönlich an, das gerade die Erfahrung hinter sich hatte, von ihm durch das Rote Meer geführt worden zu sein: „Ich bin der Herr, dein Gott: ich habe dich aus der Sklaverei in Ägypten befreit. Du sollst außer mir keine anderen Götter verehren." So lautet das erste Gebot.

Im zweiten Gebot legt er dem Volk nahe, sich keine Götzenstatuen und Abbilder anzufertigen und sich nicht verehrend vor ihnen niederzuwerfen und Opfer darzubringen. „Denn ich bin der Herr, dein Gott. Ich dulde keinen neben mir! Wer mich verachtet, den werde ich bestrafen. Sogar seine Kinder, Enkel und Urenkel werden die Folgen spüren. Doch denen, die mich lieben und sich an meine Gebote halten, bin ich gnädig. Über Tausende von Generationen werden auch ihre Nachkommen meine Liebe erfahren." Im Kleinen Katechismus fehlt dieses zweite Gebot. Dafür wurden aus dem zehnten Gebot zwei gemacht. Dabei ist es doch so wichtig, zu erfahren, dass sich Gott unsere Liebe wünscht und welche Auswirkungen dies nicht nur auf unser eigenes Leben hat!

Das dritte Gebot lautet: „Du sollst meinen Namen nicht missbrauchen, denn ich bin der Herr, dein Gott! Ich lasse keinen ungestraft, der das tut!"

Das vierte Gebot: „Achte den Sabbat als einen Tag, der mir allein geweiht ist! Sechs Tage sollst du deine Arbeit verrichten, aber der siebte Tag ist ein Ruhetag, der mir, dem Herrn, deinem Gott, gehört. An diesem Tag sollst du nicht arbeiten, weder du noch deine Kinder, weder dein Knecht noch deine Magd, auch nicht deine Tiere oder der Fremde, der bei dir lebt. Denn in sechs Tagen habe ich, der Herr, den Himmel, die Erde und das Meer geschaffen und alles, was lebt. Am siebten Tag ruhte ich. Darum habe ich den Sabbat gesegnet und für heilig erklärt." Die Schönheit eines Sabbats habe ich in Jerusalem im Mai 2013 erlebt. Diese heiligen Tage erleben die Juden 52 mal im Jahr! Und auch bei uns profitieren wir wöchentlich vom Sonntag, aber meist in einer weniger heiligen Form.

Das fünfte Gebot: „Ehre deinen Vater und deine Mutter, dann wirst du lange in dem Land leben, das ich, der Herr, dein Gott, dir gebe." Dieses Gebot ruft die Kinder zur Dankbarkeit auf, nachdem sie durch die Fürsorge ihrer Eltern endlich dazu in die Lage gebracht worden sind. Welche Anerkennung der Tätigkeit der Eltern spricht Gott damit aus!

Das sechste Gebot: „Du sollst nicht töten!" Auch wenn die Getöteten dies nicht selbst fordern können, Gott fordert es.

Das siebte Gebot: „Du sollst nicht die Ehe brechen!" Das in Liebe gegebene Versprechen soll aus göttlicher Fürsorge für das eigene Wohl, zum Schutz vor Verletzung für den Partner und der entstandenen Familie gehalten werden.

Das achte Gebot: „Du sollst nicht stehlen!" Das wissen wir hoffentlich alle, dass es rechtmäßigen und unrechtmäßigen Besitz gibt. Gott will vor der Erfahrung des Bestohlenseins bewahren.

Das neunte Gebot: „Sag nichts Unwahres über deinen Mitmenschen!" Würde jeder Mensch diesen Gedanken Gottes befolgen, dann gäbe es gar kein Mobbing und keine Lügen.

Das zehnte Gebot: „Begehre nicht, was deinem Mitmenschen gehört: weder sein Haus noch seine Frau, seinen Knecht oder seine Magd, Rinder oder Esel oder irgendetwas anderes, was ihm gehört." Hier spricht Gott den Neid und die Habsucht der Menschen an. Alle Gebote sprechen von großer Fürsorge Gottes für uns. (Den Text der Gebote habe ich aus der Bibel *Hoffnung für alle* entnommen.) Aber die Übergabe der Gebote wird auch von einer erschreckenden Demonstration der Macht Gottes begleitet. Wieder lesen wir von einem Feuerofen und dem Entschluss Gottes mit seinem Volk einen Bund zu schließen, durch den er sich mit ihnen verbindet. Auch das Volk stimmt diesem Bund zu. Mose erhält über lange Zeit auf dem Berg Sinai allein noch viele Anweisungen Gottes, die uns alle schriftlich erhalten sind. Leider verliert das Volk durch diese lange Abwesenheit wieder sein Vertrauen und bricht gleich das zweite Gebot: Durch Aaron lässt es ein goldenes Kalb erschaffen, um es anzubeten. Durch Moses Fürsprache richtet Gott nur 3 000 Menschen und nicht, wie er im Zorn wollte, das ganze Volk. Am gleichen Jahrestag viele Jahre später wird an Pfingsten der Heilige Geist ausgegossen und 3 000 Menschen werden der Gemeinde in Jerusalem hinzugefügt.

Neben Abraham, Isaak und Jakob, den Stammvätern des Volkes Israel spielen auch David und sein Sohn Salomo (um 1000 v. Chr.) sehr wichtige Rollen in diesem Volk. Davids Kampf gegen den Riesen Goliath als junger Mann mit einer Steinschleuder zeugt von seinem körperlichen Geschick und seinem sicheren Vertrauen in die Größe Gottes. David nimmt als zweiter König Jerusalem ein und von Salomo wird dort später der Tempel Gottes gebaut. Jerusalem wird Gottes erwählte Stadt.

Gott zeigt im ganzen alten Testament, dass er mit den Menschen spricht, seine Gedanken den Menschen offenbart und als höchsten Anspruch sich das Vertrauen der Menschen wünscht. Ohne seine Gnade gäbe es keine Chancen für uns Menschen! Doch Gott bietet uns immer wieder seine ausgestreckte Hand einladend an. Er legt uns Segen und Fluch zu unserer Entscheidung vor. Immer wieder erfahren wir im Wort Gottes von der Möglichkeit durch Reue und Umkehr sich mit ihm zu versöhnen und seine Gnade zu erfahren.

Notwendig ist aber immer ihn als Herrn und Gott anzuerkennen, in ihn das ganze Vertrauen zu setzen. Wenn wir bedenken, dass wir Bewohner auf der Erde sind, die er erschaffen hat und wir von ihm unser Leben erhalten haben, dann sollten diese Forderungen uns doch gar nicht so schwer erscheinen. Auch finden wir Vertrauen erweckende Maßnahmen in Fülle im Alten Testament. Ich beschränke mich auf ein paar wenige Beispiele:

1. Der Hure Rahab wird vor der Einnahme von Jericho gesagt, wie sie und ihr Haus bei der Zerstörung der Stadt verschont werden wird. Sie hatte erkannt, dass die Bewahrung des Volkes Israel nur durch einen lebendigen Gott geschehen sein konnte und versteckte deshalb die beiden Spione vor der Entdeckung. Waren die Männer nur zu ihrer Rettung ausgeschickt worden? Strategisch war ihr Ausflug bedeutungslos. Rahab taucht später im Stammbaum des Königs David auf.

2. Der Richter Gideon durfte dreimal Gott Bedingungen stellen, wobei er ihm mit einem ausgelegten Fell bezeugen sollte, dass der erteilte Auftrag von Gott selbst stammte. Und Gott ging darauf ein.

3. Die drei jungen Männer, die in Babylon in den Feuerofen geworfen worden waren, liefen mit einem vierten Mann durch die lodernden Flammen, ohne angesengte Kleider, doch ihre Fesseln hatten die Flammen verzehrt.

4. Die hungrigen Löwen taten Daniel eine Nacht lang in ihrer Grube nichts an, was klar als Gottes Wirken erkennbar war, als er morgens auf Geheiß des Königs wieder unverletzt herausgezogen wurde.

Dies sind Beispiele positiver Konsequenzen, aber beim Lesen des alten Testamentes wurde mir auch klar, dass Gott am Leben jedes Menschen Anteil nimmt, unsere Übertretungen sieht und wir damit auch die negativen Folgen dieser zu tragen haben. Ja, wir sind für unser Tun verantwortlich. Auch hier nur eine kleine Auswahl:

1. Mose schlug beim zweiten Mal den Felsen, um für Wasser für das Volk Israel in der Wüste zu sorgen, wie beim ersten Mal. Doch sollte er in diesem Fall nur mit dem Felsen sprechen. Die Folge war, dass er nicht in das verheißene Land hinein durfte, sondern nur aus der Ferne einen Blick darauf

werfen konnte. Gut, dass man bei Josua, seinem Nachfolger lesen kann, dass die Landeinnahme herausfordernd war und ich auch Fürsorge für den nun schon alten Mose erkennen kann. Mose war 120 Jahre alt und Gott begrub ihn im Land der Moabiter an einer Stelle, die niemand kennt. Aber damit ist die Geschichte mit Mose nicht zu Ende, denn auf dem Berg der Verklärung erscheint er und Elia den Jüngern Petrus, Jakobus und Johannes, und sie erleben, wie sie mit Jesus in verklärtem Zustand sprechen und wie Gott vom Himmel Jesus als seinen lieben Sohn bezeugt, an dem er Wohlgefallen hat und auf den sie hören sollen.

2. Saul, der erste König Israels, opfert aus Ungeduld selbst, ohne auf Samuel zu warten und befolgt nicht die genauen Vorgaben, was in der eroberten Stadt zu tun ist und verliert dadurch seine Königswürde und mit seinen fünf Söhnen das Leben.

3. Das Volk Juda wird 608 v. Chr. für 70 Jahre nach Babylon von Nebukadnezar in die Gefangenschaft geführt, weil es sich nicht an die Gebote Gottes gehalten hatte.

4. Der Prophet Jona entscheidet sich gegen einen erteilten Auftrag von Gott, in dem er die Gegenrichtung dazu einschlägt. Die angetretene Seereise nimmt bedrohliche Formen an und endet

für ihn darin, dass er über Bord geworfen wird und in dem Magen eines großen Fisches landet. Nach erlittener großer Angst und Reue wird Jona nach drei Tagen wieder an Land gespuckt und erfüllt seinen Auftrag.

Das alte Testament sind die Schriften, die uns über geschichtliche Ereignisse informieren und Geschlechtsregister enthalten. Alle Weissagungen in den alten Schriften von Mose, Josua, Richter, Ruth, den jeweils zwei Büchern Samuel, Könige und Chroniken, Esra, Nehemia, Esther, Hiob, den 150 Psalmen, den Sprüchen und in Prediger und Hoheslied, bei den großen Büchern der Propheten Jesaja, Jeremia, Hesekiel, und den kleineren von Daniel, Hosea, Joel, Amos, Obadja, Jona, Micha, Nahum, Habakuk, Zephania, Haggai, Sacharia, Maleachi haben ‚diese heiligen Menschen getrieben vom Heiligen Geist geschrieben'. Und worauf wiesen diese Schriften neben all den sich schon erfüllten Prophetien hin? Auf den, der in Lukas 24, 27 den Jüngern auf dem Weg nach Emmaus alle Schriften auslegt, die von ihm gesagt waren: Jesus.

<u>Aha, ich verstehe</u>: Besonders viele Feinde Gottes haben eifersüchtig die Erwählung des Volkes Gottes, Israel, erkannt und noch heute existieren Pläne und Versuche den Plan Gottes mit der Vernichtung dieses Volkes zu durchkreuzen. Doch

ist und bleibt Gott der Sieger, trotz dem so oft erlittenen Leid.

Dass du mich einstimmen lässt in deinen Jubel, o Herr, deiner Engel...

11. Erfüllte Prophetien in der Geschichte der Menschheit, durch die sich Gott als lebendiger Gott erwiesen hat

Mose hat uns die Beschreibung der Schöpfung in der Zeit um 1500 v. Chr. geben können, da Gott ihm in persönlicher, wiederkehrender und ausdauernder Gemeinschaft (z.B. 2. Mose 24, 18, vierzig Tage und Nächte) sein Handeln erklärte. Und im einzigen Psalm, den Mose verfasst hat, Psalm 90, teilt uns Mose im Vers 4 mit, dass vor Gott 1000 Jahre wie ein Tag sind. Mose beginnt seine Aufzeichnungen mit den sechs Tagen, in denen Gott die Welt erschuf (Erinnerung: vor 5783 Jahren). So blicken wir entsprechend der Bibel auf fast 6000 Jahre Menschheitsgeschichte zurück, die vielfältig von archäologischen Funden bestätigt werden. Für Gott sind diese Jahre nur wie sechs Tage? Es gab ja aber noch den siebten Tag, den Ruhetag, den Sabbat.

114

Durch das letzte Buch der Bibel, die Offenbarung des Johannes, erfahren wir, dass noch 1000 Jahre auf dieser Welt ausstehen, in denen Jesus hier herrschen wird. Hitler sah sich berufen, schon mit dem Bau eines tausendjährigen Reiches zu beginnen, doch wurden nur zwölf Jahre seines Schreckensreiches für die Welt daraus. Da sich viele Prophezeiungen der Bibel bereits erfüllt haben, hege ich keine Zweifel daran, dass dieses tausendjährige Reich Gottes, wie in der Offenbarung des Johannes angekündigt, sich bewahrheiten wird.

Ich habe eigene Erfahrungen mit erfüllter Prophetie gemacht. Zwar habe ich nach sechs Jahren das humanistische Gymnasium verlassen, um meine Berufsausbildung zu beginnen, aber ich bin nun doch auch erfreut über den Nutzen, den ich aus den ungeliebten Unterrichtsstunden in Latein und Griechisch ziehen konnte. Zunächst half mir Latein sehr beim Erlernen der rumänischen Muttersprache meines Mannes. Aber wie staunte ich erst, als ich die Namen der Könige Kyros, Darius und Xerxes in der Bibel in den Büchern von Jesaja, Esra, Nehemia, Esther und dem Propheten Daniel las. Diese Namen kannte ich nämlich alle aus dem Griechischunterricht, in dem wir von Ξενοφον (Xenophon) die Αναβασις (Anabasis) gelesen haben. Noch größer wurde mein Erstaunen, als ich in der Bibel las, dass Jesaja Kyros als Retter namentlich für das Volk Israel aus der babylonischen Gefangenschaft vorstellte. Jesaja wirkte als Prophet bis etwa 700 v. Chr., Kyros ist aber erst 600 v. Chr. in Persien geboren (Jes. 44, 28; 45, 1)! Tatsächlich durften durch Kyros im Jahr 538 die ersten gefangenen Juden aus Babylon nach Jerusalem zurückkehren (zu lesen am Ende des 2. Chronikbuches und bei Esra seine Fortsetzung). Es existiert auch ein Tonzylinder aus dem Jahr 526 v. Chr., der im 19. Jh. in Babylon gefunden wurde. Darauf ist zu lesen, dass Kyros die Einwohner Babylons von ihrem Joch befreite und den Gefangenen ihre Rückkehr mit ihren Göttern gewährte.

In einer Fernsehdokumentation auf *arte* im Mai 2021 *Von Kyros bis Khomeini* tat die Moderatorin dieses Dokument des Tonzylinders als erste *fake news* der Geschichte ab. Entweder waren ihr die Aussagen der Bibel nicht bekannt oder sie ignorierte sie einfach. Liest man die Prophezeiung bei Jesaja nach, dann steht dort geschrieben, dass **sich Gott** dadurch **als lebendiger Gott erweist, wenn sich seine Vorhersagen auch erfüllen.** Im Fall von Kyros hat Gott sich eindeutig als Gott erwiesen! Zwar wird mein Nachbar Recht haben, dass wir bei Xenophon von einem späteren Kyros und Darius mit den gleichen Namen gelesen haben, aber durch die mir bekannten Namen wurde ich zur Nachforschung angeregt. Doch vom Perserkönig Xerxes (oft in der Bibel schwer zuzuordnen, da er nur mit seinem persischen Namen ‚Ahasveros‘ benannt wird; er regierte von 485 – 465 v. Chr.) ist wirklich in der Anabasis zu lesen. Wir plagten uns im Schulunterricht mit Übersetzungen seiner geführten Kriege herum. Dass er die Jüdin Esther zur zweiten Frau nahm, erfuhr ich dabei allerdings nicht. Diese Geschichte findet man im Buch Esther in der Bibel. Aber das Grab der Königin Esther und das ihres Onkels Mordechai kann in der Stadt Hamadan im Iran heute noch besucht werden. In Israel wird jedes Jahr das Purimfest zu ihrem Gedächtnis fröhlich gefeiert. Denn durch ihre herausragende Position wurde sie zu ihrer Lebenszeit für das jüdische Volk zur Lebensretterin. Als Leser der Bibel ist man dann also doch besser informiert als durch die Anabasis, stelle ich fest. Spannend, dass mir mein Schulunterricht diese enge Verbindung der Bibel mit der Weltgeschichte klar gemacht hat!

In den 66 Kapiteln des Buches Jesajas finden sich viele prophetische Hinweise auf den kommenden Messias. Das Kapitel 53 hat sich als so eindeutig erfüllt bewiesen, dass dieser Abschnitt in der jüdischen Schriftlesung gemieden wird und dadurch Juden oft nicht bekannt ist. Es bliebe sonst keine andere Wahl, als darin den leidenden Christus zu erkennen. Aber nicht nur Rabbiner geraten durch diese unbestreitbaren Erfüllungen in Verlegenheit. Auch theologische Vertreter der Bibelkritik meinten, die Schriften des Jesaja könnten erst nach Christi Geburt und Tod verfasst worden sein. Der Fund der kompletten Jesajarolle in Qumran aus einer Zeit vor Christus (200 Jahre) im Jahr 1947 entzog ihren Zweifeln diesbezüglich jegliche Grundlage. Ja, Gott hat sich nicht nur durch seine Schöpfung, sondern auch durch die Erfüllung vieler Prophetien klar als Gott erwiesen!

In der Zeit der babylonischen Gefangenschaft des jüdischen Volkes spielte der Prophet Daniel eine wichtige Rolle. Als junger Mann kam er 605 v. Chr. nach Babylon ins Exil. Zu dieser Zeit bauten die Babylonier ihre Stadt aus. Von 625 - 565 errichteten sie *auf dem Fundament der Brust der Unterwelt zum Wetteifer mit dem Himmel das Ischtar - Tor auf Geheiß der Götter Nabu und Marduk* (laut einer Weiheschrift auf diesem Tor) zum Eintritt auf eine Prozessionsstraße. Die blauen Glasurwände dieses Tors und anschließender Straße schmücken viele Drachen, Stiere und Löwen. Der Drache verkörpert als gehende Schlange Sirrusch die oberste Gottheit

Babylons. Der Schlangenkopf mit einer gespaltenen Zuge sitzt auf einem geschuppten Körper, seine Vorderbeine sind Löwentatzen, seine Hinterläufe starke Adlerkrallen. Sein Schwanz trägt einen Skorpionstachel und auf seinem Kopf sitzen dolchartige Hörner. Die Straße ist 16 Meter breit und 156 Meter lang. Gepflastert war sie mit blutroten Platten, die alle das Maß 66 x 66 cm hatten, so dass nach meiner Rechnung dafür wohl 6666 Stück benötigt wurden. Jede trug die Inschrift *Ich bin Nebukadnezar – König von Babylon.*

Die Wände dieser Straße ragten 13 Meter in die Höhe, aber als einmalige Besonderheit auch 13 Meter in die Tiefe, versehen mit einem Gewimmel von Bestien. In dieses Baugeschehen fiel also die Zeit der babylonischen Gefangenschaft der Juden.

Uns erschien es schon anstrengend, das Grab für unseren toten Hund Maxi einen dreiviertel Meter tief und groß genug im Garten auszuheben. Doch der zweiwöchige Einsatz für meinen Onkel Wolfgang im Herbst 1944 mit 14 Jahren gemeinsam mit allen Klassenkameraden kam solch einer 13 Meter tiefen schweren Schinderei schon viel näher. Die Jungen mussten *Panzergräben* ausschachten, für die sie acht Meter tief, fünf Meter breit und einen Kilometer lang geschaufelt haben. Er bezeichnete es als eine Knochenarbeit. Sie waren alle froh, als sie mit Schwielen an den Händen für kurze Zeit nach Hause kamen. Doch im November wurden sie dann als Soldaten eingezogen, um *mitzuhelfen, den Krieg zu gewinnen* (nach Guido Knopp: *Hitlers Kinder*).

Als 1899 Babylon ausgegraben wurde, schauderte es die Archäologen, dass sie darin die ganze Unterwelt widergespiegelt sahen. Wie schaurig müssen sich die Sklavendienste für das jüdische Volk in den 70 Jahren ihrer Gefangenschaft bei diesen Arbeiten angefühlt haben! Der deutsche Kaiser aber war von dieser Ausgrabung so fasziniert, dass er das freigelegte Tor zur Unterwelt 1917 nach Berlin bringen ließ. Dort kann man es im Pergamonmuseum besichtigen. (Diese Angaben habe ich einem Bericht von Doron Schneider mit seiner Einwilligung übernommen. Das Pergamonmuseum gibt nur andere Auszüge lückenhaft an und spricht von Erdaufhäufungen – auch das wäre eine riesige Schinderei gewesen.) Denn dorthin war schon vorher auch der große Altar aus Pergamon gebracht und wieder zusammengesetzt worden, den man ab 1902 dort besichtigen konnte. Aus der Offenbarung des Johannes (Offb. 2, 12 – 17) ist der Name dieses Altars bekannt als *Thron des Satans*. Auf einem umlaufenden Fries ist da der Kampf der Götter gegen schaurige Giganten (*Gigantomachie*)

120

aus ausgegrabenen Bruchstücken wieder zusammengesetzt. Das Museum war 1909 und 1930 erweitert worden. Vor diesem Altar bewarb man sich in Berlin für die olympischen Spiele 1936 und für die monumentale Zeppelintribüne auf dem Nürnberger Reichsparteitagsgelände diente dieser Altar als Vorbild. Von Berlin ging das Grauen des „tausendjährigen Reiches" Hitlers aus, das über die ganze Welt kam! Und in herausragend grausamer Form betraf es wieder die Juden!

Für den Liedermacher Jörg Swoboda wurde es zum besonderen Ereignis, 1988 neben dem schon bröckelnden Monumentalbau Hitlers, der Zeppelintribüne, sein Lied zu singen, das er mit Theo Lehmann geschrieben hatte: *Wer Gott folgt, riskiert seine Träume.* Und dann durfte er ein Jahr später erleben, wie sich durch den Mauerfall der Text der vierten Strophe noch ein weiteres mal erfüllte: *Die Mächtigen kommen und gehen und auch jedes Denkmal mal fällt. Bleiben wird nur, wer auf Gottes Wort steht, dem sichersten Standort der Welt...*

Doch nun wieder zurück zu Daniel, der aus Jerusalem, wo der Tempel des lebendigen Gottes gestanden hatte, zu dem Tor der Unterwelt gebracht worden war. Doch er blieb dem lebendigen Gott verbunden, wurde sein Prophet. Aber auch politisch gelangte er zu höchster Anerkennung. Gott schenkte ihm die Gabe, von Träumen und deren Deutung zu wissen. Die siegreichen Kriege Alexanders des Großen (356-323) sagte er voraus, aber auch für unsere Zukunft finden sich noch Prophetien bei ihm. Daniel bekleidete unter den Babyloniern und später unter den Persern hohe Staatsämter. Doch kennen auch viele die Geschichte aus seinem Leben, dass er eine Nacht bei hungrigen Löwen in der Grube überlebte, die ihren Heißhunger aber am nächsten Morgen an Daniels Widersachern sofort stillten. Auch in diese Zeit der babylonischen Gefangenschaft der Juden fällt der Bericht über die drei jungen Männer im Feuerofen, die sich geweigert hatten vor einem goldenen Standbild niederzufallen und einen anderen Gott als den Israels anzubeten. Im Feuer sah man mit ihnen einen vierten Mann herumgehen. Ihre Kleider wurden nicht versengt, nur ihre Fesseln verbrannten und fielen von ihnen ab.

In den persischen Residenzen von Ekbatana (Standort der Bibliothek) und Susa (Daniels Mausoleum) finden sich Spuren von Daniels langem Leben. Dadurch ist es gar nicht so verwunderlich, dass es Weise in dem Morgenland waren, die dank bekannter Schriften einen Stern erwarteten, der einen neuen König ankündigen sollte. Über 500 Jahre später war man sich dieser Hoffnung noch bewusst, so dass sich Weise aus Ekbatana auf den 1000 Kilometer langen Weg zunächst zum König in Jerusalem machten, um diesen besonderen König anzubeten (*factum 1/1999*). Den jüdischen Gelehrten dort war durch prophetische Schriften (Micha 5,1) bekannt, dass das begehrte Ziel in Bethlehem zu erreichen sei und schickten sie dorthin weiter.

<u>Aha, ich verstehe</u>: Ich liebe diese Erkenntnis, dass jede erfüllte Prophezeiung ein Beweis dafür ist, dass nur Gott sichere Voraussagen machen kann, da nur er der lebendige Gott ist, der diese Welt und ihr Geschehen in seiner Hand hat. Nur sein Wille erfüllt sich hier.

Dass du mich einstimmen lässt in deinen Jubel, o Herr, deiner Engel..

12. Jesus Christus und die Christen

Was kann ich als Mensch, als Gast auf dieser Erde mit begrenzter Lebenszeit, von dem ewigen Gott wissen? Als erstes gehört dazu, dass jede Zeitangabe in der westlichen Welt sich auf die Geburt Jesu bezieht. Mit jedem Datum teilen wir also mit, dass wir 2022 Jahre nach Christi Geburt leben. Wieso kann ich außerdem glauben, dass er von Ewigkeit zu Ewigkeit führt, dass er das A und O, der Anfang und das Ende des Lebens ist? Worauf stützt sich mein Glaube?

In Johannes 5, 39 stehen diese Worte Jesu:

Suchet in der Schrift; denn ihr meinet, ihr habet das ewige Leben darin; und sie ist's, die von mir zeuget; (Jesus spricht dabei vom Alten Testament).

Erste Voraussetzung ist meine Erkenntnis, dass Gott dreieinig (göttlich, anders als wir Menschen) Gott Vater, Gott Sohn Jesus Christus und Gott Heiliger Geist ist. Und das offenbarte Wissen über Jesus teilt uns zugleich mit, wie Gott der Vater und Gott der Heilige Geist ist.

Durch den Brief an die Hebräer und an die Kolosser erfahren wir, dass Jesus schon bei der Schöpfung der Welt wirksam war. Nicht nur ich glaube, dass Gott auch unser Schöpfer ist, *dessen starke Hand die Welt und was drinnen ist erhält!*

Henoch, Noah, Hiob, Abraham und Jakob (nach seinem Ringen mit Gott erhielt er den Namen Israel) begegnete Gott in menschlicher Gestalt. Da man Gott den Vater nicht sehen kann, begegnete Jesus diesen Menschen. Das Volk Israel entstand in der Abgeschiedenheit in Ägypten, aus dem Gott durch Mose das Volk in das Land Israel führen ließ. Gott hatte bestimmt, dass er dieses bewohnte Land zur Wohnung für sein Volk werden lassen wollte. Fünf Bücher und ein Psalm sind durch Mose überliefert. In diesem jüdischen Volk ist Jesus in dem Land Israel auf dieser Welt geboren und dort hat er gelebt, gewirkt und wurde dort getötet.

Jesus vergleicht in Matthäus 24 seinen rettenden Wert mit dem der Arche, die Noah vor den Augen der Menschen errichtete. Er warnt dadurch, dass man die Rettung verpassen kann.

Doch auch mit dem Manna in der Wüste und dem Brot des Lebens für Menschen, die an ihn glauben, vergleicht sich Jesus in Johannes 6.

Und im 1. Brief an die Korinther schreibt Paulus im 4. Kapitel, dass Christus der Fels war, aus dem das Volk Israel auf der Wanderung durch die Wüste trank. Auch uns bietet er sich als Wasser des Lebens an.

Ebenfalls stellt Jesus in Johannes 3 den Bezug zur Wüstenwanderung her, da sich das Volk nur durch einen Blick auf die aufgerichtete Schlange vor dem tödlichen Biss von Schlangen retten konnte. Zu einem solchen lebensrettenden Zeichen wurde Jesus für die Welt, in die ihn Gott gesandt hat und er dort sein Leben gab, damit wir durch ihn selig werden können.

„Ich bin der Weg, die Wahrheit und das Leben (durch Christoph Zehender und Johannes Nitsch gibt es auch ein Lied mit diesem Titel); niemand kommt zum Vater außer durch mich." Diese Worte sagte Jesus zu seinem Jünger Thomas, Johannes schrieb sie auf (Joh. 14, 6). In Johannes 8 Vers 12 bezeichnet sich Jesus als Licht, Joh. 10, 14 als guten

Hirten, Joh. 10,7 als Tür zu den Schafen, als Weinstock in Joh. 15, 1+5.

Bei Matth. 3, 17 ist zu lesen, dass nach der Taufe Jesu durch Johannes den Täufer eine Stimme aus dem Himmel sprach: Dieser ist mein geliebter Sohn, an dem ich Wohlgefallen gefunden habe. Joh. 12, 28+30 bittet Jesus (eine Menge steht bei ihm): Vater verherrliche deinen Namen! Da kam eine Stimme vom Himmel: Ich habe ihn schon verherrlicht und werde ihn wieder verherrlichen. In Matth. 17, 5 hören Petrus, Jakobus und Johannes auf dem Berg der Verklärung (Tabor) … eine Stimme erscholl aus der Wolke: Dieser ist mein geliebter Sohn, an dem ich Wohlgefallen gefunden habe; auf ihn sollt ihr hören.

Jesus Geburtsort Bethlehem südlich von Jerusalem in Israel nennt der Prophet Micha im 5. Kapitel, dass er von einer Jungfrau geboren wird, sagte Jesaja im Kapitel 7, 14 voraus.

Und wir besitzen Feste, durch die ‚die hohen geistlichen Ideen uns öffentlich immer wieder vor Augen gebracht werden' (Matthias Claudius). Deshalb wird einmal jährlich nicht nur in der westlichen Welt an Weihnachten an die Geburt Jesu, des Sohnes Gottes, durch die Jungfrau Maria im Stall von Bethlehem gedacht. Die beiden Stamm-bäume Jesu (Matth. 1, 1-17, Luk. 3, 23-38) bezeugen, dass er als ein Mitglied Gottes erwählten Volks geboren wurde. Weltweit wird in dem wunderbaren Lied *Stille Nacht* gesungen: *Christ der Retter ist da*. In dem ebenfalls weit verbreiteten Lied mit der sizilianischen Melodie *O du fröhliche* klingt es ähnlich, dass für die verlorene Welt durch den erschienenen Christ Versöhnung möglich wurde. So ist es weltbekannt, dass wir Rettung benötigen und dass Jesus dieser Retter ist. Engel, Hirten, Weise aus dem Morgenland (Ekbatana), Kindermord durch den König Herodes in Bethlehem, Flucht von Joseph und Maria mit ihrem Baby Jesus nach Ägypten (nach einem warnenden Traum) gehören zu diesem Ereignis in Israel.

Joseph lebt mit seiner Familie nach dem Tod von König Herodes wieder in Nazareth. Dass sich die Familie um einige Kinder vergrößert hat, erfahren wir auch in der Bibel, wobei aber nur drei Brüder namentlich genannt werden, obwohl Jesus auch Schwestern hatte. Als Jesus zwölf Jahre alt ist hören wir wieder kurz von ihm in der Bibel, aber erst ab seinem 30. Lebensjahr beginnt sein dreieinhalb jähriger Dienst. Zu Fuß wirkt er etwa in einem Umkreis von 50 Kilometern in Galiläa und Judäa. Zwölf Jünger wählt er sich dazu aus. Matthäus und Johannes überliefern uns in ihren Evangelien die Handlungen und Worte Jesu. Johannes ist der einzige Jünger, der nicht als Märtyrer stirbt, sondern noch im hohen Alter uns die Offenbarung überliefern konnte. Lukas, der Arzt, erfährt von Petrus seine Erlebnisse mit Jesus und verfasst mit diesen Angaben das Lukasevangelium und die Apostelgeschichte, die die Geschehnisse um Petrus und Paulus enthält, an denen er zum Teil auch beteiligt war. Der vierte Evangelist, Markus, war mit den Aposteln, Lukas und Paulus bekannt und auch selbst mit ihnen tätig.

In den Reden Jesu erfahren wir etwas von Gottes Handlungen und Plänen für die Zukunft und von Gottes Wesen. Jesus bezieht sich dabei immer auf die Schriften des jüdischen Volkes, die zu seiner Zeit nur aus dem Alten Testament bestanden. In der Synagoge seiner Heimatstadt Nazareth (Luk. 4,21) weist er bei einer Lesung aus Jesaja 61 darauf hin, dass sich in diesem Moment eine gerade gelesene Prophezeiung durch ihn erfüllt hat. Am Ende seiner Zeit auf der Erde erklärt er noch den Emmaus Jüngern, dass die ganze Schrift von ihm zeugt (Luk. 24,13-35). Da es in der Bibel heißt, dass man Gott nicht sehen kann, Gott aber im Alten Testament immer wieder mit den Menschen in menschlicher Gestalt gesprochen hat, können wir darin schon die Gegenwart Jesu erkennen.

Was zeichnet die Taten Jesu aus? Weshalb richten sich die Christen mit ihrer Zeitrechnung nach dem Jahr seiner Geburt, so dass Albert Frey in seinem Lied singen kann

„… Ein Stück vom Himmel hier auf Erden
in Jesus Christus, Gottes Sohn.
Er ist das Zentrum der Geschichte,
Er ist der Anker in der Zeit,
Er ist der Ursprung allen Lebens
und unser Ziel in Ewigkeit...“?

Jesus sprach in den dreieinhalb Jahren seines Dienstes nicht nur zu den Jüngern oder zu großen Menschenmassen – die er auch zweimal mit Essen versorgte, sondern er ging (und geht auch heute) einladend einzelnen Menschen nach. Er wendete sich der Samariterin am Brunnen zu, dem Zolleinnehmer Zachäus auf dem Baum in Jericho, der ertappten Ehebrecherin, dem tobsüchtigen Mann zwischen den Gräbern in Dekapolis. Er ist als Heiland und Retter in die Welt vom Himmel gekommen, um selig zu machen, was verloren ist. Da Gott Liebe ist, lässt er uns nicht im Unklaren darüber, dass dieses Leben nicht alles ist, nicht der Endpunkt seines Tuns und unseres Daseins.

Es ist gar nicht so leicht zu verstehen, dass kein einziger Mensch vor Gott gerechtfertigt ist, alle verloren sind. Wie kann das sein, da wir unser Leben so unterschiedlich führen und doch gar nicht so schlechte Menschen sind? Dazu musste ich erst ganz viel verstehen von Gottes Gerechtigkeit, die gar nichts mit unsrer Selbstgerechtigkeit gemeinsam hat; von seinem Wunsch zu retten, was verloren ist; von seiner Gnade und Barmherzigkeit, von seiner Liebe; von meinem Anteil an seinem Kreuz. Wie ergreifend ist es, dass Gott den verlorenen Sohn mit Freude in all seine Vorrechte als Sohn wieder einsetzt. Aber er wirbt auch um den anderen Sohn, der dies als so ungerecht empfindet, der damit wohl das Gefühl von unserer menschlichen Gerechtigkeit widerspiegelt. Auch in der Geschichte über die Arbeiter, die für unterschiedliche Arbeitszeiten alle den gleichen Lohn empfangen, erklärt uns Gott etwas über seine Gerechtigkeit und Gnade. Seine Wege sind nicht unsere Wege, aber er schenkt uns auch den Blick auf sein Handeln, damit wir erkennen, dass er sich wie ein liebender Vater nach der Liebe und dem Leben mit seinen Kindern sehnt!

Wie der Dichter des Liedes *Der Mond ist aufgegangen*, Matthias Claudius, Jesus sieht und im *Wandsbecker Boten* im ersten Brief an Andres beschreibt, berührt mich:

…'Und nun ein Erretter aus aller Not, von allem Übel! Ein Erlöser vom Bösen! Und nun ein Helfer, wie die Bibel den Herrn Christus darstellt, der umherging und wohl tat und selbst nicht hatte, wo er sein Haupt hinlege; um den die Lahmen gehen, die Aussätzigen rein werden, die Tauben hören, die Toten auferstehen und den Armen das Evangelium gepredigt wird; dem Wind und Meer gehorsam sind, und der die Kindlein zu sich kommen ließ und sie herzte und segnete, der bei Gott und Gott war und wohl hätte mögen Freude haben, der aber an die Elenden im Gefängnis gedachte und verkleidet in der Uniform des Elends zu ihnen kam, um sie mit seinem Blut frei zu machen; der keine Mühe und Schmach achtete und geduldig war bis zum Tode am Kreuz, dass er sein Werk vollende; - der in die Welt kam, die Welt selig zu machen, und der darin geschlagen und gemartert ward und mit einer Dornenkrone wieder hinausging! -'

Bevor er ging, ‚den Hass und die Verachtung der Welt zu verdienen' hinterließ er uns noch dies zur Verhinderung unseres Vergessens:

„er nahm das Brot, dankte und brachs und gabs den Jüngern und sprach: Nehmet, esset; das ist mein Leib. Und er nahm den Kelch und dankte, gab ihnen den und sprach: Trinket alle daraus; das ist mein Blut des Neuen Testaments, welches vergossen wird für viele zur Vergebung der Sünden."

Vom ersten Opfer des Blutes eines fehlerlosen Lammes durch Abel bis zu diesem sündlosen Opfer Jesus offenbart uns Gott den einzigen Weg zurück zur Verbundenheit mit ihm. Wer Gott als den Schöpfer und Erhalter des Lebens erkannt hat und das vergossene Blut Jesu am Kreuz als die Notwendigkeit aus diesem Leben zu einem Leben bei Gott sehen kann, für den ist eben das Leben in Wohnungen im Himmel für eine Ewigkeit bereitet.

Von den Leiden, die Jesus durchlitten hat, zeugen viele Prophezeiungen im Alten Testament, von denen ich hier nur den Psalm 22 und Jesaja 53 anführe. An das tatsächliche Leiden wird durch die Christenheit in der Passionszeit (Gedenken der Juden an den Auszug aus Ägypten, immer zur Zeit des ersten Vollmondes im Frühling) gedacht, am Karfreitag an den Tag seines Sterbens am Kreuz. Kreuze an vielen Orten und in den unterschiedlichsten Variationen bezeugen diese Art seines Todes. Stehen bei uns in den Alpen Kreuze auf den Gipfeln der Berge, so gibt es in Litauen sogar einen

Berg der Kreuze, übersät mit unvorstellbar vielen Kreuzen von zahllosen Besuchern.

Dem Karfreitag folgt der Ostersonntag, an dem an das weltbewegende Ereignis der Auferstehung Jesus von den Toten gedacht wird. Landauf und landab hört man die Menschen bezeugen: Er ist auferstanden, er ist wahrhaftig auferstanden!

Die christliche Gemeinde erwartet als die Braut Christi die Entrückung (1.Thess. 4,17) vor der großen Drangsal. Das Volk Gottes, Israel, erwartet als seine Frau das Kommen (Christen wissen: das Wiederkommen) Jesu auf der Erde für sein tausendjähriges Reich. Die jüdischen Feste von Passah (mit dem verborgenen Afikomen beim Mahl) und Pfingsten (Schawuot) haben durch Jesus und die Ausgießung des Heiligen Geistes im Frühjahr schon ihre Erfüllung gefunden. Wie die Erfüllung der jüdischen Herbstfeste sichtbar für die Welt werden wird, das steht noch aus. Das Blasen der Posaunen (jüdisch Schofar, Widderhorn, mit dem Bezug auf das Opfer des Widders anstelle von Isaak) an Rosch HaSchana ist der Aufruf zur Buße an den zehn folgenden Tagen, die am Yom Kippur, dem Versöhnungstag, mit dem endgültigen Urteil abgeschlossen werden. Und danach werden für eine Woche die errichteten Laubhütten bezogen, in denen man sich an die 40 jährige Wanderung durch die Wüste erinnert und die gemeinsame Ewigkeit mit Gott erwartet.

In der Astrologie ist die Erde der Planet mit dem Kreuz. Das chinesische Schriftzeichen für die

Welt ist ein Kreuz auf einem Strich. Da Gott Liebe ist, lässt er uns nicht im Unklaren darüber, dass dieses Leben nicht alles ist, nicht der Endpunkt seines Tuns und unseres Daseins.

Diese Welt und wir wurden nicht nur für unsere begrenzte Lebenszeit erschaffen. Der ewige Gott hat einen größeren Plan: Auch wir sind für die Ewigkeit angelegt! Jeder von uns kam aus dem (Frucht-)Wasser ins Leben und in diesem Leben entscheiden wir darüber, ob wir auch aus dem Geist (Wiedergeburt, Joh. 3,7)) geboren werden. Dies klingt verwirrend? Die einzige Forderung an uns ist der Glaube an Gott und seinen Sohn, unseren Retter, Jesus Christus. Dadurch werden auch wir Kinder Gottes, die er zu besonderen Aufträgen beruft und dann auch befähigt. Dies ist das Evangelium, der Inhalt seiner guten Botschaft für uns. Gott lässt uns durch seine Gebote wissen, was er für Sünde hält. Uns stellt er frei, wie wir uns dazu verhalten, ob wir Segen oder Fluch wählen.

Weder durch die Schönheit und Herrlichkeit der Schöpfung konnte Gott die Menschen ganz für sich gewinnen, noch konnten es die Gebote im Wort Gottes. Das Volk Israel wählte Gott sich als sein Werkzeug zur Vermittlung der Gebote aus. Kennt man sie, dann weiß man, dass es uns niemals gelingt aus eigener Kraft gerechtfertigt ohne Sünde vor Gott zu stehen. Deshalb startete Gott seinen letzten Rettungsversuch, durch den er uns erneut zu einem Leben mit sich einlädt. Dazu kam Jesus in die Welt und nach dreieinhalb Jahren seines Dienstes starb er für uns am Kreuz.

Ohne die Annahme dieser Erkenntnis in Demut, auch wenn wir uns noch so lieb und nett fühlen, ist dies die Voraussetzung für unsere Erlösung, unsere Errettung. Ja, für Gott ist keine einzige Schuld zu schwer, um nicht vergeben werden zu können. Doch Hochmut darf nicht den Blick dafür verstellen, dass wir Menschen sind, die nur dann gerechtfertigt in die Nähe Gottes gelangen können, wenn wir erkannt haben, dass der Tod Jesu und sein Blut für uns zur Vergebung unsrer Sünden notwendig war. Dazu muss man verstanden haben, was Albert Frey in einer Strophe seines Liedes in so unfassbar wunderbaren Worte ausgedrückt hat:

Zwischen Himmel und Erde hängst Du dort,
wo die Balken sich kreuzen ist der Ort,
wo sich Himmel und Erde trifft in Dir,
dort am Kreuz!

Jesus, der Sohn Gottes hat als Mensch die Erde im Land Israel betreten, ließ sich von Menschen ungerechtfertigt misshandeln und töten, stand von den Toten wieder auf und fuhr hinauf (am ‚Vatertag‘, Christi Himmelfahrt) in den Himmel. Gott der Heilige Geist bewirkte in den vergangenen 2000 Jahren unübersehbar die Ausbreitung der christlichen Gemeinde. Zeigte sich in der Kreuzigung das Gesicht des Teufels unverhüllt in menschlicher Grausamkeit, so war und ist es immer auch wieder in der Verfolgung von Christen weltweit deutlich erkennbar.

Durch Jesus wissen wir, dass es in der Ewigkeit zwei sehr unterschiedliche Orte gibt: Den Himmel und die Hölle. In Lukas 16, 19-31 beschreibt Jesus diese Orte, wie sie einerseits der arme Lazerus und andrerseits der Reiche nach ihrem Tod erleben. Und er wünscht sich, dass alle Menschen in den Himmel kommen. Doch dafür existiert eine Bedingung: *Es ist in keinem anderen Heil, ist auch kein anderer Name den Menschen gegeben, denn in dem Namen Jesu, zur Ehre Gottes, des Vaters* (~Apostelgeschichte 4, 12). *Dass in dem Namen Jesu sich beugen sollen aller derer Knie, die im Himmel und auf Erden und unter der Erde sind* (Philipper 2, 10). Diese beiden Zitate, die von König Friedrich Wilhelm IV. (1795-1861) in Goldschrift um die Kuppel des Berliner Stadtschlosses verliefen, fielen zunächst 1950 der Sprengung zur Zeit der DDR durch Walter Ulbricht zum Opfer. 2002 entschied man sich für den Wiederaufbau des Schlosses. Fertiggestellt bezog nun das *Humboldt Forum* das Gebäude. Dieses bezieht Stellung zu diesen Versen und will dazu vermerken, dass sich alle Institutionen im Humboldt Forum ausdrücklich von dem Alleingültigkeits- und Herrschaftsanspruch des Christentums distanzieren, den die Inschrift zum Ausdruck bringt. Wer soll damit beruhigt werden? Jesu Worte in Johannes 3,16 sind keine Bedrohung: *Also hat Gott die Welt geliebt, dass er seinen eingeborenen Sohn gab, auf dass alle, die an ihn glauben, nicht verloren werden, sondern das ewige Leben haben.* Dazu muss man aber verstehen, was mit den Worten *seinen eingeborenen Sohn gab* gemeint ist. Er, Gott, Schöpfer des Universums, erfüllt durch das Opfer seines geliebten Sohnes seine Forderung, dass sündige Menschen nur als gerechtfertigt zu Gott in den Himmel kommen dürfen. Nur durch ein sündloses Opfer ist das möglich. Gott erkennt dieses gebrachte Opfer seines Sohnes für uns an, wenn wir unsere Schuld vor Gott sehen, unseren Anteil am Kreuz Jesu erkennen und demütig dieses Geschenk der Begnadigung aus seiner Hand annehmen. Auch ich habe das bei meiner Bekehrung getan.

Der Vers enthält auch das Motiv für Gottes Handeln: Seine Liebe zu uns. Erschrecken wir nicht vor dem Wort Jesu in Matthäus 10, 38, dass wir unser Kreuz auf uns nehmen sollen und ihm nachfolgen. Im nächsten Kapitel spricht uns Jesus nämlich die Worte in den Versen 28 bis 30 zu: *Kommet her zu mir alle, die ihr mühselig und beladen seid; ich will euch erquicken. Nehmet auf euch mein Joch und lernet von mir; denn ich bin sanftmütig und von Herzen demütig; so werdet ihr Ruhe finden für eure Seelen, denn mein Joch ist sanft und meine Last ist leicht.* Die Erkenntnis über seine göttliche Demut macht es so leicht auch ihm gegenüber demütig zu sein!

Das Opfer des Lebens Jesu geschah durch Menschen, die mit verachtender Grausamkeit an ihm handelten. An diesem Kreuz teilten sich die Menschen in zwei Gruppen. Auf der einen Seite die weinenden, mit Mitleid erfüllten Menschen, auf der anderen die hämisch spottenden. Obwohl wir nicht dabei waren, fordert das Kreuz auch von jedem von uns eine persönliche Stellungnahme. Die beiden mit ihm gekreuzigten Verbrecher taten dies auch und entschieden dabei über die Zukunft ihres ewigen Lebens. Ja, der Satz ist auch für uns wahr, dass im Himmel nur Freiwillige sind – und in der Hölle auch. Denn der Tod Jesu ermöglicht die Sühnung jeder Schuld für jeden auf dieser Welt, der sich seiner Schuld vor Gott bewusst geworden ist. Mit der Auferstehung Jesu von den Toten am Ostermorgen besiegelte Gott für uns das Versprechen, dass auch wir zu ewigem Leben berufen sind. Diese geschichtliche Tatsache kann durch nichts wegerklärt werden.

Die Millionen und Milliarden Jahre fiktiver Welt- Vorgeschichte können beruhigt abgelegt werden, dafür verspricht uns aber Gott eine ewig während Zukunft in Herrlichkeit, er führt aus seiner Ewigkeit auch uns in die Ewigkeit.

Der Blick in den unendlichen Weltraum mit seinen besonderen Strukturen hilft dabei die Größe und Herrlichkeit und Ewigkeit und Macht Gottes zu erahnen. Ein ganzes Buch, die Bibel, hat uns Gott übergeben, um dadurch auf vielfältige Weise erkennen zu können, wie er sich immer wieder durch die Erfüllung seiner Prophetien als Gott erwiesen hat.

Und er tut es weiterhin. Gamaliel (Apostelgeschichte 5, 38+39) riet zum Abwarten, um Klarheit darüber zu gewinnen, ob die Lehre von Jesus

Christus und seinem Evangelium Bestand haben wird, ob sie von Gott kommt oder andernfalls sich von selbst erledigt, weil sie aus dem Rat von Menschen kommt. Wir haben es nun nach fast 2000 Jahren leicht daraus unsere Schlüsse zu ziehen.

Erstaunlich ist dabei, wie die Feinde Gottes die Macht der Bibel, des Wortes Gottes, so klar sehen, dass sie sie fortgesetzt auf die verschiedensten Arten und Weisen bekämpfen. Auch heute erwartet viele Menschen Verfolgung und Tod wegen ihres Glaubens und ihrer Verbindung zu Gott. Wie nachhaltig und vergeblich sind die immerwährenden Angriffe auf Gottes erwähltes Volk Israel, dem er als sichtbares Wunder 1948 die Rückkehr in das verheißene Land ermöglichte. Nicht nur ihr Staat ist erstanden, sogar die hebräische Sprache erfuhr wunderbarerweise ihre Wiederbelebung. Die Feinde sind Israel noch von innen und außen weiter erhalten geblieben, aber Gott ändert sich nicht und sein Wort wird sich auf jeden Fall auch weiter bewahrheiten.

So ein Leben mit Feinden ist sehr herausfordernd und dafür benötigt es viel Mut und die Verbindung zum Herrn der Geschichte, Gott. Unser christliches Land hat so viel Schuld auf sich geladen, so dass wir dankbar für die Menschen sind, die sich mit ihrem Leben gegen die geplanten und durchgeführten Verbrechen gestellt haben. Der evangelische Pfarrer Paul Schneider war schon 1939 vor Ausbruch des zweiten Weltkriegs der erste getötete Märtyrer im schön gelegenen KZ

Buchenwald bei der Stadt Weimar, die für seine einst so geistreichen Bewohner berühmt geworden war. Dietrich Bonhoeffer wurde noch eines der letzten Opfer im Widerstand gegen dieses gottlose Regime. Nie genug können wir über die unmenschlichen Verbrechen in so vielen Ländern an so vielen Menschen durch die Nazis wissen. Dankbar bin ich für alle Menschen, die sich mit Büchern und Filmen die Mühe gemacht haben, Informationen weiterzugeben. Bewunderung, Entsetzen und Ergriffenheit waren auch gepaart, als Josef Aaron vor uns Israelreisenden die Kraft aufbrachte uns nur ein klein wenig an dem Martyrium teilhaben zu lassen, das er durch den Missbrauch von Offizieren als Junge jahrelang durchlitt – zum Töten war er den Häschern zu schön gewesen.

Und wie stellt sich Gott gegen jede Grausamkeit, Bosheit, Neid und Streit (Galater 5, 20,21)? Er wählt die Liebe, den göttlichen Gedanken, der sich so sehr von menschlichen Gedanken unterscheidet. Er sandte an Pfingsten seinen Heiligen Geist, der seitdem am Bau seiner Gemeinde tätig ist und sie in sein erwähltes Volk, den Ölbaum, als Zweige einpfropft. Die Frucht, die dieser Geist hervorbringt sind Liebe, Freude, Friede, Geduld, Freundlichkeit, Gütigkeit, Glaube, Sanftmut, Keuschheit (Gal. 5,22). Durch sein Wort teilt uns Gott seine Pläne mit und wie er uns seine Opferbereitschaft aus Liebe gezeigt hat.

Ein guter Weg, um Gottes Glaubwürdigkeit zu erkennen, ist es das Wort Gottes zu lesen und zu überprüfen. Dem atheistischen General Lewis Wallace blieb nach seinen Recherchen nichts anderes mehr übrig, als Jesus in seinem Roman *Ben Hur* zu bezeugen. Auch der Studentenvertreter Josh McDowell wurde vom Kritiker des Christentums durch seine ernsthaften Nachforschungen zum Nachfolger Jesus verwandelt. Und so reiht auch er sich in die große Zahl der mutigen Christen ein, von denen uns einige Namen und ihr Wirken bekannt sind. Gerade hörten wir im Gottesdienst von Jim Elliot, der für mich neben Livingstone, Hudson Taylor, Spurgeon, Richard Wurmbrand, Ole Halesby, Wilhelm Busch mit seinen Eltern, Geschwistern und Großeltern, neben so vielen anderen Glaubenshelden steht. Sie bilden die Fortsetzung der Wolke der Zeugen, von der im Hebräerbrief geschrieben steht.

Aber nicht nur für Interessierte an Biographien ist Erstaunliches zu erfahren. Auch für Wissenschaftler verschiedener Fachrichtungen hielt Gott noch eine besondere Aufgabe bereit. Ihnen legte er ein Tuch vor, das sich als der einzige unmittelbare Zeuge der Auferstehung Jesu erweist und bei dessen Betrachtung sie buchstäblich Augenzeuge der Erlösungstat Jesu wurden. Das Turiner Grabtuch erschreckte zunächst einen Fotografen, der statt dem erwarteten Negativ ein Positiv vor sich sah. Ab 1931 durfte das Tuch deshalb danach intensivst durch Chemiker, Biologen und Kriminalogen erforscht werden und lieferte dabei überwältigende Informationen. Mir liegen sie seit April 2008 aus der Zeitschrift *Israel heute* und *factum* 3/2010 vor, in beiden Fällen von Dr. Wolfgang Schuller geschrieben.

Ebenso ist das Gartengrab in Jerusalem auf abenteuerlichen Wegen zu einem Ort der Ruhe und Besinnung geworden in dieser sonst so unruhigen Stadt. Ich selbst durfte auf meiner Israelreise dort neben dem Hügel, wie ein Schädel (Matth. 27,33), in dem Garten eines Reichen (Matth. 27,57) in der Nähe des leeren Grabes (*er ist nicht hier, er ist auferstanden*) das Abendmahl mit unserer Reisegruppe feiern. Aber erst das Buch *The Weekend that Changed the World* The Mystery of Jerusalem's Empty Tomb von Peter Walker zeigte mir die Besonderheit der Geschichte dieses Ortes auf.

Johann Strauß lässt in der Operette vom Zigeunerbaron die Liebe als Himmelsmacht besingen. Bortnjanski schrieb die Melodie zu der vierten Strophe eines Liedes, das Gerhard Tersteegen geschrieben hatte:

Ich bete an die Macht der Liebe,
die sich in Jesus offenbart.
Ich geb mich hin dem freien Triebe
wodurch auch ich geliebet ward.
Ich will anstatt an mich zu denken
ins Meer der Liebe mich versenken.

Lassen wir uns doch von dieser Liebe im Leben und weiter bis in alle Ewigkeit führen.

Schluss

Fünfundsiebzig mal habe ich den Punkt auf der Umlaufbahn um die Sonne passiert, an dem ich geboren bin. Ich durfte das Alter erreichen, mit dem man laut Psalm 90 schon ein ganzes Leben hinter sich hat. In all den Jahren habe ich immer gern und viel gelesen. Mit den Märchen fing ich an, über Enid Blyten und Erich Kästner kam ich zu den Kriminalromanen von Edgar Wallace. Ich mochte also am liebsten Bücher, die mir einen positiven Ausgang garantierten. Ja, noch heute vergewissere ich mich am Anfang über den Ausgang des beschriebenen Geschehens! Auch bin ich nicht allein mit der Vorliebe für Filme mit Happy End!

Die Lehre der Evolutionstheorie genügte diesen Anforderungen nicht, da sie neben den hellen, hoffnungsvollen Geschichten der Bibel unklar und konfus blieb. Aber da sie immer und überall präsent ist, legte sie sich bedrückend über mich, meinen Vater und besonders erschreckend über die damit belehrten Schüler. Ich benötigte unbedingt einen genauen Blick auf die Idee der Evolution und bin dankbar, dass nichts mehr von dieser Bedrückung übrig blieb.

Doch hörte ich in diesen Tagen im Jahr 2022 im aktuellen Nachrichtendienst des Bayrischen Rundfunks unter dem Thema *noch mehr Wissenschaft* einen Wissenschaftler einer Schülerin erklären, wie kompliziert der Vorgang ist, mit dem die Schnecken ihre Häuser bauen. Ähnliche

Präzisionsaufgaben mussten erst jetzt für das Andocken im schwerelosen Raum für die Raumfahrt gelöst werden. „Und die Schnecken haben das schon vor Millionen Jahren erfunden!" Da kann ich nur staunen, dass man immer noch so etwas als Wissen an Schüler weitergibt. Obwohl sich kein Mensch eine Niere oder ein Herz bilden kann, auch wenn er sie dringend in gesundem Zustand bräuchte, wird blinder Glauben in solche märchenhaften Möglichkeiten – es war einmal, da ging das schon- neben ernsthaft erworbenes Wissen gesetzt. Das Wissen über einen gespeicherten Bauplan im Genom des Tieres durch einen dafür erforderlichen Informanten wurde ausgeblendet. Es wurde die Aussage von Chesterton bestätigt, dass man ohne Gott nicht an nichts glaubt, sondern – an Selbsterschaffung. Diese Weitergabe an Schüler übertrifft noch bei weitem die Aussage meiner anfänglich angeführten Unterrichtsstunde! Diese Vermischung von seriösem Wissen mit unseriösen Angaben legt den Grund für eine ungesunde Spaltung des Denkens – eigentlich schizophren. Es wird also auch heute Menschen eingeredet, dass intelligente Menschen etwas sehen können, nur dumme nicht. Wir leben zwar alle zur gleichen Zeit mit der gleichen Vorgeschichte von 5783 Jahren, aber viele glauben an unvorstellbare Zeiten von Millionen und Milliarden Jahren, in denen alles möglich war, was heute nicht mehr geht. Schon allein der Begriff *Jahr* ist eigentlich an den Umlauf der Erde um die Sonne gebunden... Die unsichtbaren Kleider des Kaiser werden tatsächlich immer noch benutzt!

Das Lied Jürgen Werths wäre da so hilfreich: *Vergiss es nie, dass du lebst war keine eigene Idee und dass du atmest, kein Entschluss von dir.* Und dann erfährt man noch weiter: *Du bist ein Gedanke Gottes, ein genialer noch dazu. Du bist du, das ist der Clou.*

Ich bin so froh, dass das Wort Gottes immer seine Gültigkeit behielt – da es die Wahrheit ist. Dass Gott in den schwersten und dunkelsten Stunden bei uns ist, da er alle Abgründe des menschlichen Leidens kennt. Deshalb besinge ich dies auch aus vollem Herzen mit einer Strophe des Liedes *Lobe den Herren: In wieviel Not hat nicht der gnädige Gott über dir Flügel gebreitet.* Ich bin so dankbar, dass ich dies in meinem Leben zutiefst erleben durfte. Hier bei Gott erfahre ich, dass ich auch vor dem Ende meines Lebens nicht Angst haben muss. So ist die Bibel das Buch mit einem eindeutigen Happy End für mich, in wunderbarer Herrlichkeit! Überzeugt singe ich voll Dankbarkeit: *Dein Wort ist wahr und trüget nicht, es hält gewiss, was es verspricht im Tod und auch im Leben. Du bist nun mein und ich bin dein, dir hab ich mich ergeben!* Dies ist eine Strophe aus dem Abendlied, das ich so oft gesungen habe und das sich mir eingeprägt hat: *Mein schönste Zier und Kleinod bist, auf Erden Du, Herr Jesus Christ.* Es ist schade und lebensbedrohend, dass allgemein Gott und sein Wort für viele Menschen gleichgültig geworden ist.

144

Doch auch diesen Menschen geht Jesus in Liebe nach, da er sucht was verloren ist! Und alle, die ihn suchen, von denen lässt er sich finden.

Nun habe ich den Moment erreicht, an dem ich aufhöre zu schreiben und gebe es aus meiner Hand ab, vertraue es anderen an und dem, von dem ich mein Leben habe und durch den alles um mich herum existiert. In dem Wissen: In seiner Hand war ich, bin ich und werde ich immer sein. Da Gesang mein ganzes Leben begleitet hat, bediene ich mich auch jetzt noch einmal der Worte eines Liedes (Peter Strauch):

Herr, ich sehe deine Welt, das weite Himmelszelt, die Wunder deiner Schöpfung.

Alles das hast du gemacht, den Tag und auch die Nacht; ich danke dir dafür.

Darum bete ich dich an, weil ich nicht schweigen kann; die Freude füllt mein Singen.

Staunend habe ich erkannt: ich bin in deiner Hand, und du lässt mich nicht los.

Unterschleißheim im Oktober 2022
Hedwig Lipcan